MISSION : ADOPTION

ÉDITION SPÉCIALE

CHICHI ET WAWA

Fais connaissance avec les chiots
de la collection *Mission : Adoption*

Belle

Biscuit

Boule de neige

Cannelle

Carlo

Chocolat

Glaçon

Husky

Maggie et Max

Margot

Patou

Pico

Presto

Princesse

Rascal

Réglisse

Rosie

Théo

Tony

Zigzag

CHICHI ET WAWA

ELLEN MILES

Texte français de Martine Faubert

Éditions SCHOLASTIC

À mes complices, Norma, Leda et Linda,

avec toute mon affection et mes sincères remerciements.

Catalogage avant publication de Bibliothèque et Archives Canada

Miles, Ellen
Chichi et Wawa / Ellen Miles ;
texte français de Martine Faubert.

(Mission, adoption)
Traduction de: Chewy and Chica.
Pour les 7-10 ans.

ISBN 978-1-4431-1840-8

I. Faubert, Martine, 1952- II. Titre.
III. Collection: Miles, Ellen. Mission, adoption.

PZ26.3.M545Chi 2012   j813'.6   C2012-900070-1

Illustration de la couverture : Tim O'Brien
Conception graphique de la couverture originale : Steve Scott

Édition publiée par les Éditions Scholastic,
604, rue King Ouest, Toronto (Ontario) M5V 1E1.

5 4 3 2 1   Imprimé au Canada 121   12 13 14 15 16

Préservons notre environnement

PROTÉGEONS NOS FORÊTS

Scholastic Canada a choisi d'imprimer les pages de ce livre sur du papier recyclé et a réduit sa consommation de ressources[1] et sa pollution[1] dans les mesures suivantes :

	énergie	eau	gaz à effet de serre	déchets solides
arbres de nos forêts ont été sauvés.	17 millions de BTU	69,962 litres	1,860 kg	531 kg

Imprimé par **Webcom Inc.** sur du papier
Legacy Hi-Bulk White 100% à contenu postconsommation de 100 %.

FSC
www.fsc.org
MIXTE
Papier issu de sources responsables
FSC® C004071

[1] L'estimation des effets sur l'environnement a été faite au moyen du calculateur «Environmental Defense Paper Calculator».

CHAPITRE UN

Date : 22 avril

Heure : 16 h

Événement : Le club Les Amis des animaux, première réunion

Présidente : Rosalie Fortin

Secrétaire : Rosalie Fortin

Autres membres présents : Charles et Martine Fortin, Maria Santiago, Mme Daigle, Julie (une employée du refuge), Sammy.

Mme Daigle et Rosalie commencent la réunion en expliquant ce qu'est le club Les Amis des animaux. Notre mission est d'apprendre les meilleures façons de prendre soin de nos amis les animaux et de les aider, de sensibiliser le public à la cause des animaux sauvages et domestiques et de faire notre part dans notre collectivité.

Historique du club : Rosalie a entendu dire qu'un club, Les Amis des animaux, existait ailleurs et elle a demandé à Mme Daigle si on pouvait en fonder un au refuge des Quatre Pattes où elle est bénévole. (Rosalie est présidente du club parce que c'était son idée.)

1

Charles, le petit frère de Rosalie, s'est joint aux Amis des animaux. Leur mère, Martine Fortin, va assister aux réunions le plus souvent possible, autrement dit quand elle n'aura pas à s'occuper de leur plus jeune frère, Adam, surnommé le Haricot. Il peut devenir pas mal agité si on l'oblige à rester assis tranquille pendant toute une réunion du club. Les Fortin sont au courant des problèmes des animaux de compagnie, car ils sont une famille d'accueil* pour chiots.

Maria est la meilleure amie de Rosalie. Elle aussi adore les animaux, surtout les chevaux. Sammy est le meilleur ami de Charles. Il habite à côté des Fortin.

La réunion se poursuit avec une séance de remue-méninges pour trouver des idées d'actions que le club Les Amis des animaux pourrait entreprendre. Par exemple :

• Écrire des articles sur les animaux de compagnie et les soins à leur donner (comme ne pas les laisser enfermés dans une auto quand il fait chaud) et les envoyer à la rédaction du journal local.

• Être gentil avec tous les chiens et les chats (et les chevaux) qu'on rencontre.

*Définition de famille d'accueil : Une famille qui prend soin de chiots en attendant de leur trouver le foyer parfait.

• Enseigner les bonnes manières canines à nos animaux familiers (par exemple, Biscuit, le chiot des Fortin, le plus mignon et le plus gentil de tous les chiens du monde) pour qu'ils se comportent en bons citoyens canins.

• Organiser une vente de biscuits et de gâteaux ou un lave-o-chiens (comme un lave-auto, mais avec des chiens) ou autre chose, afin de recueillir des fonds pour le refuge des Quatre Pattes.

• Emmener nos chiens bien élevés dans les écoles et les lieux de travail pour montrer leurs bonnes manières et peut-être aussi les tours qu'ils peuvent faire, comme...

16 h 30 : ajournement de la réunion. Explication à venir.

Rosalie eut raison d'arrêter de prendre des notes, car même en écrivant très vite, elle n'aurait jamais pu raconter tout ce qui se passa en cet après-midi de printemps, au beau milieu de la première réunion du club Les Amis des animaux.

Voici ce qui arriva.

D'abord, on frappa à la porte. Puis André, qui travaillait à l'accueil au refuge des Quatre Pattes, passa la tête par la porte entrebâillée. Il était tout rouge et bégaya l'air ébahi :

— Madame Daigle? Je... je crois que vous devriez venir voir ce qui se passe, continua-t-il.

— Merci, André, dit Mme Daigle en se levant de sa chaise.

Il y avait quelque chose dans l'expression d'André qui incita les autres à se lever et à suivre Mme Daigle jusqu'au stationnement devant le refuge. Rosalie vit une grosse voiture noire stationnée en travers devant la porte d'entrée. Les vitres s'ouvrirent un petit peu. N'en croyant pas ses yeux, Rosalie s'approcha pour regarder de plus près. La voiture était remplie de chiots! Des chiots sortaient le museau par toutes les vitres entrouvertes. Ils reniflaient frénétiquement, tout en pressant leurs pattes contre les vitres. Rosalie en vit des bruns, des blancs et des noirs; des frisés et d'autres à poil ras; des grands et des petits. Elle n'avait jamais vu autant de chiots à la fois!

La portière de la voiture s'ouvrit, et un homme de grande taille, à l'allure décontractée, se leva du siège du conducteur en repoussant trois chiots qui tentaient de sortir en même temps que lui. Il portait de vieilles salopettes tout usées et une chemise blanche impeccable. Il n'était pas particulièrement beau. Il était même plutôt drôle. Mais il se dégageait de lui quelque chose qui le rendit immédiatement sympathique aux yeux de Rosalie.

Il salua d'un petit coup de sa casquette de baseball rouge et sourit à Mme Daigle.

— Bonjour, madame, dit-il.

— M. Beauregard? répondit Mme Daigle en regardant l'auto, puis l'homme, puis les chiots. Qu'est-ce que c'est que ça?

L'homme fit glisser sa casquette vers l'arrière de sa tête, se gratta le crâne et sourit timidement.

Rosalie ne put s'empêcher de sourire.

— Ce sont des chiots, expliqua-t-il avec son accent assez prononcé. Toute une ribambelle de chiots.

— C'est bien ce que je vois, dit Mme Daigle en se tournant vers les autres. M. Beauregard vient d'arriver dans notre ville, mais il est déjà un très généreux donateur pour les Quatre Pattes.

Rosalie savait ce que cela signifiait. Malgré son apparence simple, il était R-I-C-H-E. Et il adorait les animaux. Ça tombait bien, car les Quatre Pattes avaient toujours besoin d'argent pour acheter de la nourriture pour chiens, de la litière pour chats et du shampoing contre les puces, et pour payer les factures du vétérinaire.

— Je vous présente d'autres amis du refuge, dit Mme Daigle en tendant le bras vers les membres du club. Je crois que nous nous demandons *tous* ce que vous faites avec une voiture pleine de chiots.

— Je les ai achetés! s'exclama-t-il. Je les ai tous achetés à un homme qui avait stationné son camion blanc à rayures rouges au bord de la grand-route. Je n'ai pas supporté de le voir vendre ces pauvres petites bêtes comme si c'étaient des pommes ou du maïs. Je lui ai donné tout l'argent que j'avais dans les poches. Puis je lui ai dit que je ne voulais plus jamais le voir dans les environs.

— J'ai déjà vu ce camion, dit Mme Daigle en fronçant les sourcils. C'est épouvantable de vendre des chiots de cette façon. J'ai appelé les autorités, mais on m'a dit qu'aucune loi ne l'interdisait.

— Qu'y a-t-il de si épouvantable? demanda Sammy.

Si je passais devant ce camion en auto avec mes parents, je voudrais sûrement m'arrêter pour acheter un chiot.

— C'est justement le problème, répliqua Mme Daigle, qui se lança dans une explication que Rosalie avait déjà entendue très souvent. Quand on veut ajouter un animal familier à sa famille, il faut bien réfléchir. D'abord, la famille est-elle prête à prendre cette responsabilité? Après en avoir discuté, la famille peut adopter un animal qui vient d'un refuge ou l'acheter chez un éleveur réputé. Mais acheter un chiot d'un camionneur sur un coup de tête, ce n'est pas une bonne idée.

— Rien de plus vrai, fit remarquer M. Beauregard en éclatant d'un gros rire tonitruant. Deux secondes après les avoir achetés, je me suis dit : maintenant, mon Daniel, qu'est-ce que tu vas faire? J'adorerais garder toute cette bande de petits gredins, mais mon travail m'oblige à beaucoup voyager. Puis je me suis dit que vous sauriez quoi faire. J'ai donc conduit ma petite tribu jusqu'ici.

Il baissa la tête et sourit à Mme Daigle avec un air

coupable.

— Bien entendu, je vais couvrir tous les frais supplémentaires causés par ces petits choux, ajouta-t-il.

— Bien, dit Mme Daigle. Nous devrions commencer par les répartir en petits groupes.

Pendant que Rosalie et les autres regardaient, Mme Daigle, M. Beauregard, André et Julie entreprirent de faire descendre les chiots de la voiture. Mme Daigle commença par la banquette arrière, avec un petit labrador noir tout grassouillet. Elle le tendit à André, qui partit lui chercher une place dans le chenil. M. Beauregard remonta dans la voiture et prit un chiot à poil long, tout blanc, qui ressemblait beaucoup à Boule de Neige, un west island terrier bagarreur que la famille Fortin avait déjà accueilli. Puis trois autres chiots furent sortis de la voiture : un autre labrador, un teckel qui n'arrêtait pas de gigoter et un chien brun et blanc qui ressemblait à un beagle avec ses longues oreilles pendantes. Rosalie trouvait qu'il ressemblait à Théo, un autre chiot qu'ils avaient déjà hébergé.

— Oh! Qu'il est mignon! s'exclama Rosalie.

Le chiot éternua.

— Mignon, oui, dit Mme Daigle. Mais ce chiot est très probablement malade. Je crois qu'ils viennent d'une usine à chiots.

— En effet, certains de ces chiots ont besoin de beaucoup de soins attentionnés et d'amour, ajouta M. Beauregard.

Bien que Rosalie ait déjà entendu l'expression « usine à chiots », elle n'était pas certaine de ce que c'était exactement. Elle savait qu'on fabrique du papier dans une usine à papier et que l'acier se fabrique dans une usine d'acier. Alors...

— Une usine à chiots? demanda-t-elle. Qu'est-ce que c'est? Un endroit où on fabrique des chiots?

— Exactement, répondit Mme Daigle en soupirant. Les gens qui ont des usines à chiots gardent des chiennes en cage et leur font avoir des portées les unes après les autres, afin de vendre le plus de chiots possible.

Elle se mit à parler plus vite et plus fort, comme elle le faisait toujours quand elle parlait d'une chose qui la scandalisait, à propos des animaux.

— Les chiots grandissent sans presque aucun contact avec des humains, dans des locaux surpeuplés où les maladies peuvent se répandre très rapidement, poursuivit-elle. Ils sont vendus à des animaleries ou à des acheteurs qui répondent à leurs petites annonces. Ils ignorent qu'ils achètent peut-être un chien malade ou un chiot mal en point ayant développé des problèmes de comportement qui ne pourront pas être réglés.

Mme Daigle semblait vraiment triste.

— Il y a déjà bien assez de chiots abandonnés dans le monde, continua-t-elle. On n'en a pas besoin de plus. Les usines à chiots sont une horreur. Une véritable horreur!

— Mais elles sont illégales, non? dit Mme Fortin, en berçant le teckel dans ses bras, comme un petit bébé. Elles doivent sûrement l'être. Ce n'est pas une façon de traiter les chiens!

— Elles sont interdites dans certains endroits, mais pas ici, répondit Mme Daigle en soupirant de découragement.

Puis elle retourna à la voiture pour faire descendre les chiots.

Il en sortait sans fin! André et Julie les emmenèrent dans le refuge et les installèrent dans des cages. Rosalie aperçut un tout petit shih tzu à poil long, un berger allemand avec de grandes oreilles et un museau pointu (« il ressemble à Margot quand elle était petite », dit Charles en l'apercevant) et un autre chiot labrador, blond cette fois-ci. Rosalie aurait voulu les serrer tous dans ses bras et les embrasser, mais Mme Daigle voulait les installer sans tarder dans le refuge.

— Il ne reste plus une seule cage libre, vint lui dire André, après avoir fait entrer le labrador blond.

— C'est bien ce que je craignais, dit Mme Daigle. Et il reste encore deux chiots à caser. Un frère et une sœur, on dirait.

Elle tendit les bras à l'intérieur de la voiture, et M. Beauregard lui passa deux minuscules chiots. Ils avaient la tête en forme de pomme, le poil ras, les oreilles pointues et de grands yeux bruns exorbités.

— Celui-ci est un mâle, dit Mme Daigle en soulevant

le chiot brun et blanc. Et voici sa sœur noire et blanche.

Rosalie les trouvait incroyablement petits. Ils étaient blottis l'un contre l'autre, au creux des mains de Mme Daigle. Rosalie ne put se retenir plus longtemps. Elle s'approcha de Mme Daigle et tendit un doigt pour caresser délicatement la minuscule tête de la petite femelle noire et blanche.

— Des chihuahuas! dit Rosalie.

— Exactement, s'exclama Mme Daigle.

CHAPITRE DEUX

Rosalie ne se trompait jamais sur les races de chiens. Charles savait qu'elle avait presque appris par cœur l'affiche « Les races de chiens dans le monde », épinglée sur un mur de la chambre de Rosalie. Ainsi, même si elle n'avait jamais vu un briard de sa vie, elle pouvait dire qu'il s'agissait d'un grand chien à poils longs, originaire de France et gardien de moutons. Charles devait admettre que Rosalie en savait long sur les chiens.

— Ces chihuahuas vont avoir besoin d'un foyer d'accueil, dit Mme Daigle en regardant Mme Fortin droit dans les yeux.

— Deux chiots? demanda Mme Fortin, hésitante. Vous voulez que nous prenions deux chiots en même temps?

— Ces deux petits seront probablement plus

heureux s'ils restent ensemble, répondit Mme Daigle. Ils devront sans doute être séparés, plus tard. Mais j'hésite à le faire pour leur première nuit dans une nouvelle maison. Si vous pouviez les recueillir pendant quelques jours seulement, le temps pour moi de trouver des foyers pour quelques autres chiots…

— Tu dois les prendre, murmura Sammy à l'oreille de Charles, en lui donnant un coup de coude.

— Nous allons les prendre! s'exclama Charles.

— Et notre petit voyage? dit Mme Fortin en se tournant vers lui.

— Tant pis pour la sortie, déclara Rosalie. C'est bien plus important d'accueillir ces deux chiots.

Charles regretta d'avoir parlé si vite. Il n'avait pas pensé à ce petit voyage que sa famille projetait depuis quelques semaines.

Les Fortin étaient censés laisser Biscuit chez tante Amanda, qui avait une garderie pour chiens, puis se rendre en auto à La Ronde, le plus gros parc d'attractions de la région. Charles attendait ce moment depuis le début du printemps. Il avait même

14

mis de côté son argent de poche en prévision de cette journée. Il se voyait déjà en train de battre un record mondial du plus grand nombre de tours dans les montagnes russes.

Charles regarda les chiots. Le petit chiot brun et blanc tremblait de tous ses membres. Avait-il froid? Le chiot releva la tête et regarda Charles en clignant des yeux.

Quoi? Qui va s'occuper de moi? J'ai peur!

— Pourquoi tremble-t-il tant? demanda Sammy.

— Les chihuahuas ont la réputation de trembler et de frissonner facilement, répondit Rosalie sans hésitation.

Mais Charles savait qu'elle ne pouvait pas expliquer pourquoi.

— Les chihuahuas tremblent pour toutes sortes de raisons, expliqua Mme Daigle en serrant le chiot un peu plus fort contre elle. Parfois, c'est qu'ils sont trop excités ou qu'ils ont très peur. De plus, ils prennent aisément froid, à cause de leur poil ras. Leurs maîtres doivent donc chercher à comprendre la cause des tremblements et les aider à se sentir mieux.

— Comme le Haricot quand il était bébé, ajouta Charles. Il pleurait sans arrêt, et nous devions deviner si c'était parce qu'il avait faim, qu'il avait mouillé sa couche ou qu'il avait mal quelque part.

— Exactement, dit Mme Daigle. Dans ce cas-ci, je crois que notre petit bonhomme ne se sent pas en sécurité. Tu as vu comme il a cessé de trembler quand je l'ai serré plus fort contre moi?

Effectivement, le chiot s'était calmé. Il regarda Charles avec ses grands yeux bruns exorbités.

— Bon! coupa Mme Daigle. Maintenant que vous avez eu votre première leçon sur les chihuahuas, que décidez-vous? Si vous ne pouvez pas les prendre, je vais passer quelques coups de fil pour trouver quelqu'un prêt à accueillir les deux chiots. Ce ne sera pas facile!

Charles respira profondément avant de répondre. Il ne voulait pas que les deux chiots soient séparés et aillent dans deux maisons. Juste à les voir blottis l'un contre l'autre, on voyait bien qu'ils s'adoraient.

— Rosalie a raison, déclara-t-il. Tant pis pour notre sortie. Ces chiots ont besoin de nous. Nous allons les prendre.

Sa mère le regarda avec son air de « Dis donc, toi! Tu n'es pas le chef de famille! »

Oups!

— Pardon! se reprit Charles. Je veux dire... S'il te plaît, s'il te plaît, est-ce qu'on peut les accueillir tous les deux?

— Je dois d'abord téléphoner à votre père... dit Mme Fortin.

— Il va dire oui, l'interrompit Charles. Tu le sais bien!

Charles savait que son père allait être d'accord. D'abord, il adorait les chiots. Ensuite, il n'aimait pas vraiment les parcs d'attractions. Il disait toujours que les montagnes russes lui donnaient le vertige. Il allait sûrement être ravi de ne pas avoir à faire le voyage en auto jusqu'à la Ronde.

Mme Fortin regarda encore une fois les deux chiots qui étaient dans le creux des mains Mme Daigle. Elle soupira.

— Normalement, je dirais non, dit-elle. Deux chiots, en plus de Biscuit, ça me semble beaucoup trop. Mais maintenant que je suis au courant de ce qui se passe dans les usines à chiots, je sais que ces deux petits n'ont pas eu la vie facile. Ils ont vraiment besoin qu'on les aide, n'est-ce pas?

— Oui, répondit Mme Daigle.

Les deux chiots se tortillèrent au creux de ses mains jusqu'à ne former qu'une seule boule. Le brun et blanc mordilla la toute petite oreille de sa sœur noire et blanche, et celle-ci posa sa patte miniature sur le minuscule museau de son frère. Charles se demanda comment un animal pouvait être si petit.

— Oh là là! gémit Mme Fortin. Comment résister? Nous allons les prendre.

— Youpi! s'exclama Charles.

Il tendit les bras pour prendre les deux chiots que tenait Mme Daigle.

— Incroyable! s'étonna-t-il. Ils sont si légers!

Les chiots ne pesaient presque rien; ils étaient légers comme une plume. Charles les regarda. Deux paires

18

d'immenses yeux bruns l'examinaient en papillotant. Il baissa la tête pour les embrasser. Le brun et blanc lui mâchouilla le menton et la noire et blanche le lécha délicatement. Tous les deux lui pétrissaient le visage avec leurs petites pattes.

Bonjour, toi!

Veux-tu être mon ami? S'il te plaît!

— Ces deux chiots vont vous demander beaucoup de travail, les avertit Mme Daigle. Les chihuahuas ne sont pas faciles à élever.

Charles ne l'écouta que d'une oreille. Il n'arrivait pas à détacher ses yeux des deux adorables chiots qu'il tenait dans ses mains.

— Et les chihuahuas sont très fragiles parce qu'ils sont si petits, poursuivit Mme Daigle. Ils se blessent facilement. Il faut vraiment les surveiller de près, sinon ils risquent de se faire écraser ou de se fracasser la tête en tombant. Je crois qu'il vaudrait mieux les tenir à l'écart de Biscuit et du Haricot, du moins au début. Les chihuahuas ne s'entendent pas toujours bien avec les autres chiens ou les jeunes enfants.

— Nous prenons toujours des précautions au début avec le Haricot et Biscuit quand nous accueillons un nouveau chiot, précisa Mme Fortin.

— Je sais, reconnut Mme Daigle. Pas besoin de m'inquiéter. Vous, les Fortin, vous êtes la meilleure famille d'accueil que je connaisse. Amusez-vous bien et appelez-moi s'il y a un problème.

Elle les salua de la main et retourna au refuge pour s'occuper des autres chiots.

André sortit du refuge quelques instants plus tard.

— Mme Daigle s'est souvenue que vous auriez besoin de quelques petites choses, avec deux chiots de plus chez vous, dit-il en tendant à Mme Fortin deux petits colliers avec deux laisses.

— Je pourrais tenir un des deux chiots, proposa Rosalie en s'approchant de Charles.

— Excellente idée, approuva Mme Fortin. Nous n'avons pas notre cage à chien à l'arrière de la voiture. Alors, prenez-en chacun un et tenez-les bien sur le chemin du retour.

Charles regarda encore une fois les deux chiots qu'il tenait dans ses mains. Il n'avait pas envie d'en laisser partir un, même pour une seconde. Le brun et blanc mâchouilla la queue de la noire et blanche, qui lâcha un petit cri. Ils étaient absolument mignons! Devrait-il donner le brun et blanc ou la noire et blanche à Rosalie? Tandis qu'il réfléchissait, le brun et blanc tendit ses deux pattes avant et les posa doucement sur son menton. Charles se sentit fondre de tendresse. Il tendit la noire et blanche à Rosalie.

Aussitôt, les deux chiots se mirent à glapir et à geindre.

Eh! Un instant! Où t'en vas-tu avec mon frère?

Reviens! Reviens! Que fais-tu avec ma sœur?

Le brun et blanc se tortilla pour tenter de s'échapper des mains de Charles. Il lui mordit très fort les doigts! Ses petites dents étaient pointues comme des aiguilles. Charles avait vraiment mal, mais il ne voulait pas crier et risquer d'effrayer le chiot.

— Du calme, trésor, dit-il. Ta sœur ne s'en ira pas.
Ne t'inquiète pas.

Rosalie et lui montèrent dans la fourgonnette sans
lâcher les chiots qui gigotaient toujours. Ils s'assirent
ensemble sur la banquette arrière, et leur mère les
aida à boucler leurs ceintures de sécurité. Les chiots
se calmèrent dès qu'ils purent se voir l'un l'autre.
Charles et Rosalie leur passèrent leurs colliers et y
accrochèrent les laisses.

— On dirait bien que Mme Daigle avait raison, dit
Mme Fortin. Ces deux-là adorent être ensemble.

Mme Fortin s'installa derrière le volant et démarra
la voiture. Le chiot de Charles avait déjà commencé à
mâchouiller sa laisse.

— Toi, tu es un petit « mâchouilleur », dit Charles
en retirant délicatement la laisse d'entre les petites
dents pointues du chiot.

Charles était émerveillé par les beaux grands yeux
bruns du petit chien. Il semblait si innocent quand il
regardait Charles en clignant des yeux!

Est-ce que j'ai fait une bêtise?

— Eh! s'exclama Charles en se redressant sur son siège au moment où sa mère s'engagea sur la route. Nous avons oublié de demander comment ils s'appellent!

Rosalie regarda le chiot qu'elle tenait dans ses bras.

— Je suis sûre qu'ils n'ont même pas de nom, puisqu'ils viennent d'une usine à chiots, fit-elle remarquer. De toute façon, Mme Daigle dit toujours que nous pouvons donner des noms temporaires aux chiots que nous hébergeons.

Charles réfléchit une seconde. Il adorait donner des noms aux chiots. Comme ils étaient deux, ils pourraient leur donner des noms qui vont bien ensemble.

— Que pensez-vous de Ping et Pong? suggéra-t-il.

Rosalie le regarda d'un air pas très convaincu.

— Non, ça ne va pas, dit-elle. Ce sont des chiens, pas des balles en plastique.

Charles réfléchit encore quelques secondes.

— Micro et Mini? proposa-t-il. Parce qu'ils sont tout

petits.

— Plutôt mignon! commenta Mme Fortin sans se retourner.

Rosalie secoua la tête.

— On pourrait trouver mieux, protesta-t-elle. On devrait attendre de mieux les connaître. Puis on leur donnera des noms qui correspondent vraiment bien à leur personnalité.

Charles caressa les petites oreilles de son chiot.

— Ils sont si adorables! déclara-t-il. Je parie que nous allons leur trouver une maison pour toujours dans le temps de le dire.

— J'espère que tu dis vrai, Charles, dit Mme Fortin au moment où elle engageait la voiture dans leur entrée. Nous allons vraiment en avoir plein les bras, avec ces deux chiots et Biscuit. Ça va nous faire toute une bande de chiots.

CHAPITRE TROIS

Tandis que Mme Fortin stationnait l'auto, Rosalie regarda la petite chienne noire et blanche couchée sur ses genoux. Elle secoua la tête, car elle n'arrivait toujours pas à croire ce qui venait de se passer au refuge. Pendant des années et des années, elle avait supplié ses parents d'avoir un chiot. Il lui avait fallu une éternité pour arriver à les convaincre d'héberger temporairement des chiots et encore une autre éternité avant que la famille ait son propre chien. Et voilà que sa mère avait accepté de prendre deux chiots sur un simple « s'il te plaît » de Charles! Rosalie bouillait de rage. C'était trop injuste! C'était épouvantable, c'était... Elle ouvrit la bouche pour parler, mais la referma aussitôt. Perdait-elle la tête?

Tant pis pour ce qui s'était passé. Les Fortin allaient accueillir ces deux chiots et ça, c'était une bonne

25

nouvelle! Rosalie préférait les grands chiens, mais elle adorait quand même tous les chiots. Et elle savait d'avance qu'elle allait s'amuser follement avec ces deux minichiots.

Quand la portière de la fourgonnette s'ouvrit, les deux petits chiens se mirent à aboyer.

— Ils savent qu'ils sont rendus à la maison, dit Rosalie.

Ils descendirent de l'auto et, aussitôt, le chiot de Rosalie l'entraîna vers la haie qui bordait l'entrée de garage.

— Regardez! s'exclama Rosalie. Elle sait déjà où faire pipi!

Rosalie se pencha pour flatter son chiot.

— Bon chien! dit-elle. Excellent!

Le chiot de Charles fit aussi son pipi.

Puis ils se dirigèrent vers la maison. Quand leur mère ouvrit la porte d'entrée, le Haricot était là pour les accueillir.

— Chienchien! cria le Haricot.

À côté de lui, Biscuit sautait et aboyait de joie.

— Oh non! lâcha Rosalie.

Elle tenta de retenir son chiot, mais la petite chienne fonça vers Biscuit. Son frère aussi. Les deux chiots couraient dans tous les sens, autour et en dessous du gros chien, et leurs laisses s'enroulèrent autour de ses pattes. Biscuit semblait vraiment énorme à côté des deux chihuahuas. La noire et blanche aboyait tandis que son frère mordillait les pattes de Biscuit. Biscuit n'aboyait plus depuis un petit moment. Il regarda Rosalie d'un air suppliant.

Au secours! C'est quoi, ces ridicules bestioles? Pourquoi les avez-vous amenées ici?

Mme Fortin prit aussitôt le Haricot dans ses bras.

— Pas de chienchien pour le Haricot, dit-elle. Tu laisses les chienchiens tranquilles. Charles et Rosalie vont s'en occuper. C'est compris?

— Chienchien! pleurnicha le Haricot en tendant les bras vers eux.

— Qu'est-ce qui se passe ici? demanda M. Fortin en arrivant dans l'entrée, un linge à vaisselle à la main. D'où viennent tous ces jappements?

— Nous hébergeons deux chiots! déclara Rosalie avec un grand sourire.

— C'est bien ce que je vois, dit M. Fortin en se penchant sur les trois chiots empilés à ses pieds. Et c'est bien ce que j'entends, aussi!

La petite noire et blanche jappait encore de toutes ses forces.

— Calme-toi! gronda-t-il. De quelle race sont-ils?

— Ce sont des chihuahuas, répondit Rosalie en embrassant son chiot. Savais-tu que la race des chihuahuas est originaire de l'État de Chihuahua, au Mexique? (Elle venait de se rappeler l'avoir lu sur son affiche.) Ils sont mignons, non?

— À croquer! dit M. Fortin en reculant d'un pas. Sauf pour les jappements. Et notre sortie spéciale?

— Nous avons décidé que nous préférions accueillir les chiots, déclara Rosalie. Charles a pensé que ça ne te dérangerait pas.

— Euh... Oui... dit M. Fortin en se grattant la tête. C'est vrai que j'ai beaucoup de choses à faire à la maison. Mais *deux* chiots? Et Biscuit en plus? Comment allons-nous y arriver?

— J'y ai réfléchi, expliqua Mme Fortin. Nous allons tous nous en occuper. Mais Charles et Rosalie seront chacun responsable d'un des chiots. Ils devront voir à ce que leur chiot mange bien, apprenne à écouter et aille faire ses besoins dehors.

— Veux chienchien aussi! dit le Haricot en faisant la moue.

Puis il mit son pouce dans sa bouche.

— Que dirais-tu de t'occuper de Biscuit? lui demanda Mme Fortin.

Elle fit un clin d'œil à Rosalie et Charles. Toute la famille savait que Biscuit était déjà bien dressé. Il n'avait pas besoin que quelqu'un s'occupe de lui en particulier. Mais être responsable de Biscuit ferait le bonheur du Haricot. Il se sentirait aussi important que son frère et sa sœur et il arrêterait de bouder. Comme de fait, le Haricot trouva cette idée très bonne. Toujours dans les bras de sa mère, il retrouva son sourire et tendit les bras vers Biscuit.

— M'occupe de toi, Biscuit, dit-il. Assis!

Et Biscuit s'assit, comme prévu. Le Haricot éclata de rire. Mme Fortin le déposa par terre, et il partit en

courant vers la cuisine, avec Biscuit sur les talons.
Biscuit remuait très fort la queue. Il adorait le Haricot
et il était visiblement très content de se débarrasser
des deux chiots.

Entre-temps, Rosalie avait réfléchi. Elle aimait
l'idée d'être responsable d'un des chiots et elle adorait
la petite noire et blanche qu'elle tenait dans ses bras.

— Je veux m'occuper d'elle, décida-t-elle. Je vais
l'appeler Wawa, en référence à sa race, et parce que
ce nom lui va comme un gant.

— Lui, ce sera le mien! affirma Charles en serrant
le petit brun et blanc contre son cœur. Et je lui ai déjà
trouvé un nom. Il s'appellera Chichi, en référence à sa
race, et parce qu'il semble vouloir faire des chichis.
En effet, il est difficile et mordille tout ce qu'il trouve.

— Et pouvons-nous aussi être chacun responsable
de trouver le foyer idéal pour notre chiot? demanda
Rosalie. Je parie que ce sera facile d'en trouver un
pour Wawa.

Et elle embrassa la petite chienne sur la tête. Wawa
aboya, puis elle s'arrêta une seconde pour prendre le
temps de faire un bisou à Rosalie.

— Bien sûr, il faudra que je lui aie d'abord appris à ne pas aboyer tout le temps.

Et elle déposa Wawa par terre.

— Je parie que je vais trouver un foyer pour Chichi avant toi, dit Charles.

— Ah oui? Tu penses ça? répliqua Rosalie.

— Oui, madame! rétorqua Charles. J'en suis sûr!

— Très bien! dit Rosalie. Dans ce cas, faisons un vrai pari. Le premier qui trouve un foyer pour son chiot n'aura plus à... (Elle s'arrêta un instant pour réfléchir : quelle tâche détestait-elle le plus?) à mettre la table pendant tout un mois.

— Ni à la desservir! ajouta Charles. Tope là!

Il tendit la main à Rosalie, qui la serra pour conclure l'entente, avec leurs parents comme témoins.

Ha! Rosalie savait qu'elle allait gagner, sûr et certain! Elle voyait déjà que Chichi aurait un gros problème à apprendre à ne pas mordre tout le temps. Ce défaut devait absolument être corrigé avant l'adoption, et Charles ne saurait pas comment s'y prendre. Et les jappements continuels de Wawa, alors? Rosalie avait déjà entraîné d'autres chiens à ne pas aboyer pour rien, comme Pico, le chiot dalmatien si plein de vie que les Fortin avaient déjà hébergé. Dès que Wawa aurait appris à moins aboyer, elle serait tout à fait prête à être adoptée. Qui pourrait résister à cette petite boule d'énergie?

— Oups! dit Charles en montrant du doigt le plancher. On dirait que Wawa a eu un accident.

— Oh là là! s'exclama Mme Fortin.

M. Fortin fronça les sourcils.

Rosalie regarda par terre. Il y avait une petite flaque sur le plancher, exactement là où Wawa se trouvait. La petite chienne regarda Rosalie du coin de l'œil, avec un petit air espiègle. Elle semblait presque fière d'elle!

Tu as vu ce que j'ai fait? Je suis un bon chien, non? En tout cas, c'est ce que tu as dit tout à l'heure.

Oh oh! se dit Rosalie. *On dirait que je vais avoir un problème!* Mais elle n'allait pas le laisser voir à Charles.

— Ce n'est pas grave! lança-t-elle à la ronde. Juste

un petit accident!

Elle courut chercher des essuie-tout dans la cuisine et revint nettoyer le dégât. Puis elle emmena Wawa dehors pour lui montrer où elle devait faire pipi. Comme de raison, Wawa n'avait plus envie. Elle resta sur le gazon, toute grelottante, jusqu'à ce que Rosalie la reprenne dans ses bras et lui dise que tout allait bien.

Une demi-heure plus tard, Rosalie commença à mettre la table pour le souper. Ça ne l'embêtait presque pas, maintenant qu'elle savait qu'elle allait bientôt gagner son pari et ne plus avoir à le faire pendant tout un mois. Tandis que Rosalie allait et venait entre la cuisine et la salle à manger, avec les fourchettes, les couteaux, les serviettes et les verres, Wawa trottinait autour de ses pieds. Puis Rosalie la vit renifler et s'accroupir sous la table. Heureusement, elle était sur le plancher de bois et pas sur le magnifique tapis d'Orient ancien que sa mère avait récemment reçu en héritage de sa grand-tante.

— Non, Wawa! dit Rosalie en prenant la petite chienne dans ses bras.

Rosalie sortit en courant par la porte de la cuisine et la déposa sur la pelouse. Wawa resta sans bouger et la regarda du coin de l'œil, la tête penchée d'un côté et les oreilles bien droites.

J'aime bien être ici, dehors. Mais qu'est-ce qui pressait tant? En tout cas, maintenant je sais quoi faire pour que tu m'emmènes jouer dehors. Je n'ai qu'à m'accroupir. Parfait!

Rosalie n'était pas contente! Entraîner un chiot à la propreté, c'est parfois un vrai défi. Elle en avait fait l'expérience avec Cannelle, la première petite chienne que les Fortin avaient accueillie. Mais Cannelle avait vite appris. Combien de temps faudrait-il à Wawa pour en faire autant?

Une fois rentrée, Rosalie nettoya la flaque de pipi de Wawa, puis elle repassa dans sa tête les règles pour entraîner un chien à la propreté.

Règle numéro un, et la plus importante : ne jamais se fâcher contre un chien si on ne l'a pas pris sur le fait. Un chiot ne peut pas comprendre qu'il a fait une bêtise, même si on lui montre son pipi ou (Rosalie plissa le nez juste à y penser) si on lui met le nez dedans.

Règle numéro deux : quand un chiot a fait ses besoins dehors, là où il le fallait, le féliciter et le cajoler à profusion. Quand le chiot semble commencer à comprendre, associer une phrase à l'action, comme « Allez, fais ton besoin » ou « C'est ça. Vas-y! » et la répéter chaque fois qu'il fait ses besoins au bon endroit. Au bout de quelque temps, il aura compris ce qu'il doit faire quand vous lui dites cette phrase.

Cela semblait très simple, mais Rosalie savait que l'entraînement à la propreté n'était pas toujours si facile. D'abord, avant de pouvoir féliciter Wawa d'avoir fait ses besoins au bon endroit, c'est-à-dire dehors, il faudrait la surprendre en train de le faire. Rosalie se dit que cela pourrait être long.

— Pas encore! dit Mme Fortin en voyant Rosalie qui finissait d'essuyer le dégât dans la salle à manger.

— Ce n'est pas sa faute, dit aussitôt Rosalie.

Elle ne voulait pas que sa mère revienne sur sa décision d'accueillir les deux chiots. Dresser Wawa allait être plus compliqué que Rosalie ne l'avait prévu, mais elle était bien décidée à réussir. Et elle adorait la petite chienne. Comment résister à ses grands yeux et à ses airs espiègles?

— Rappelle-toi, maman : elle vient d'une usine à chiots, fit remarquer Rosalie. Elle a probablement passé toute sa vie dans une cage. Elle n'a pas eu l'occasion d'apprendre les bonnes manières encore.

— Chichi a fait ses besoins dehors, annonça Charles, tout content, en entrant dans la pièce, avec le chiot brun et blanc dans les bras. Pas vrai, mon petit?

Il regarda le chiot et lui donna un gros baiser. Rosalie savait que Charles cherchait à la provoquer.

— Super, commenta Rosalie en lui souriant. Maintenant, il lui reste à corriger sa mauvaise habitude de tout mordiller.

Elle montra du doigt Chichi qui était en train de mâchouiller le poignet de la chemise de Charles.

— Euh…, dit Charles. Pas de problème! Il est intelligent. Il apprendra vite.

— Tout ce que je vous demande, c'est d'avoir chacun

votre chiot à l'œil, intervint Mme Fortin. Avec le moins de dégâts et de destruction possible. D'ailleurs, je crois qu'il vaudrait mieux rouler le tapis de tante Nelly et le remiser pour quelque temps.

— Inutile! répondit Rosalie. Je vais y voir. Je promets de suivre Wawa à la trace!

M. Fortin avait mis une cage d'entraînement dans la cuisine. Charles et Rosalie y installèrent leurs chiots avant le souper. Chichi et Wawa avaient l'air heureux et bien installés, tout pelotonnés sur la couverture en flanelle rouge que les Fortin utilisaient toujours avec leurs chiots en famille d'accueil.

— Au moins, Wawa ne fera pas pipi là-dedans, dit Rosalie.

C'était un des avantages à utiliser une cage d'entraînement : les chiens n'aiment pas faire pipi là où ils dorment. Ils se retiennent donc tant qu'ils sont dans la cage. (Bien sûr, Rosalie savait qu'on ne laisse pas un chiot enfermé dans une cage pendant plus de deux ou trois heures, sauf la nuit, quand il dort.) Après le souper, elle sortirait Wawa de la cage et l'emmènerait faire ses besoins dehors. Puis elle la féliciterait.

Pour le souper, il y avait un reste de lasagne de la veille, avec de la salade et du pain. Biscuit s'assit à côté de la chaise du Haricot et attendit que tombent des miettes. Charles engloutit son souper et retourna aussitôt auprès de son chiot. Rosalie venait de se resservir quand elle remarqua que sa mère avait à peine entamé son repas. Elle n'avait pas beaucoup parlé pendant le souper non plus.

— Je n'arrête pas de penser à cette usine à chiots, dit Mme Fortin en soupirant. Un véritable enfer pour les chiens!

— Une usine à chiots? demanda M. Fortin. J'en ai entendu parler. Il y en a une près de chez nous?

Rosalie, Charles et Mme Fortin lui expliquèrent d'où venaient Chichi et Wawa.

— Alors, ce fameux M. Beauregard a acheté ces chiots à un camionneur? poursuivit-il. Et Mme Daigle pense que ce camion arrivait d'une usine à chiots?

— Exactement, dit Mme Fortin. Je me demande si M. Beauregard a noté le numéro de plaque de ce camion.

Rosalie remarqua que sa mère avait ce drôle de regard, celui qu'elle avait toujours quand une idée d'article à écrire pour son journal lui trottait dans la tête.

— Je vais l'appeler ce soir, dit Mme Fortin. Si je peux retrouver ce camion et l'usine à chiots, je pourrais écrire un article qui permettrait de la faire fermer et, peut-être même, de changer la réglementation sur les usines à chiots.

— Changer la loi? s'étonna M. Fortin en prenant le saladier pour se resservir. Tu es une journaliste extraordinaire. Mais le *Courrier de Saint-Jean* n'est qu'un petit journal local. Ton projet me semble un peu ambitieux.

— C'est vrai, reconnut Mme Fortin. Et si nous faisions un pari nous aussi. Je suis prête à parier que mon article pourrait changer les choses. Qu'en dis-tu?

— D'accord! dit M. Fortin, en tendant la main pour conclure l'accord. Quant à moi, je souhaite que tu gagnes ce pari. Ces usines à chiots sont vraiment épouvantables!

Rosalie était tout à fait d'accord avec son père.

— Quel est l'enjeu du pari? demanda Rosalie.

M. et Mme Fortin échangèrent un regard et éclatèrent de rire.

— Le tiroir à débarras, s'écrièrent-ils en chœur.

Ils pariaient la même chose à tous les coups : celui qui perdait devait nettoyer le tiroir de la cuisine qui se remplissait toujours de petite monnaie, de timbres, de clés à usage inconnu, de trombones, d'élastiques et d'autres trucs pêle-mêle.

Rosalie éclata de rire. Mais la cuisine lui fit penser à son chiot.

— Il faut que j'aille voir Wawa, dit-elle en sortant de table précipitamment.

Son chiot avait sûrement besoin de sortir pour faire un petit besoin.

Quand Rosalie tendit la main pour sortir Wawa de la cage, elle crut qu'elle arrivait trop tard. Wawa tremblota et regarda Rosalie de son air coupable, la tête légèrement penchée.

Youpi! Te voilà! Nous allons sortir?

Rosalie posa la main sur la couverture en flanelle rouge. Là où Chichi avait dormi, c'était sec. Mais sous Wawa, c'était trempé. Rosalie grogna. Un chiot qui fait pipi dans sa cage, ça n'augurait rien de bon. Ce n'était pas un bon signe, mais alors là, pas du tout!

CHAPITRE QUATRE

Après le souper, Charles desservit la table. Il se dit que ce serait vraiment génial d'être débarrassé de cette corvée pendant tout un mois en transportant la vaisselle sale dans la cuisine. Non pas que cette tâche l'embêtait particulièrement, mais il voulait à tout prix gagner, histoire de montrer à Rosalie qu'elle n'était pas la seule à connaître les chiens et à savoir comment les élever.

Mais allait-il réussir à trouver le premier le foyer idéal pour son chiot? Il s'en était vanté, mais sincèrement, il en doutait. Personne n'allait vouloir adopter un chiot qui mâchait tout et mordillait les gens.

Comment montrer à un chiot à ne plus mordre? Charles se dit qu'il devait vite trouver une solution, avant que Chichi ne fasse une grosse bêtise. Après avoir emmené Chichi dehors faire un besoin, il alla dans sa chambre avec son chiot. Il voulait prendre le temps de réfléchir à ce problème.

Chichi semblait aimer la chambre de Charles. Du moins, il aimait la *mâchouiller*. Il courait dans tous les coins, et il reniflait et mâchouillait tout ce qu'il trouvait. En cinq minutes à peine, il réussit à laisser des marques de ses petites dents sur les pieds de la table de travail, à déchiqueter un coin du couvre-lit, à effilocher les lacets des plus belles chaussures de Charles, à mordiller les sangles de son sac à dos et à mâchouiller son tapis de catalogne.

Chaque fois, Charles l'arrêta avant qu'il ne détruise tout. Chaque fois, il lui enleva ce qu'il mâchouillait et lui offrit de l'autre main un jouet pour chiot. Charles connaissait la méthode : il fallait enseigner au chiot qu'il pouvait mordre certains objets seulement. Mais c'était épuisant d'avoir à surveiller un chiot qui bougeait tout le temps!

— Je crois que tu vas dormir dans ta cage, ce soir,

dit Charles à son chiot, en le prenant pour la dixième fois.

Charles s'assit sur son lit avec Chichi. Tout en réfléchissant à ce qu'il faudrait faire, il le laissa mordiller les revers de son jean.

Charles aimait bien s'asseoir sur son lit quand il avait besoin de réfléchir à un problème. Il prenait alors sa vieille balle de baseball et la faisait passer d'une main à l'autre. Sentir le cuir usé de la balle au creux de ses mains et entendre le bruit sourd qu'elle faisait produisait quelque chose de particulier. Les idées se mettaient à jaillir dans sa tête. C'est d'ailleurs de cette façon que lui était venue sa meilleure idée pour l'expo-sciences, un projet qui démontrait que les fourmis préféraient les choses sucrées aux choses acides. Il s'était servi d'une sucette à la fraise et d'un cornichon dans le vinaigre. Sa présentation avait fait un malheur cette année-là.

Charles continua de jouer avec sa balle.

Et le truc fonctionna, encore une fois. Au bout de cinq ou six coups, Charles sut exactement ce qu'il

44

devait faire. Dans sa chambre, Rosalie avait une étagère pleine de livres sur le dressage des chiens. À cause de leur pari, elle refuserait probablement de les lui prêter. Mais Rosalie était en bas, tout près de la porte de la cuisine, au cas où Wawa aurait encore des besoins à faire. Charles n'avait donc qu'à se glisser dans sa chambre et à emprunter un de ses livres. Il lirait sur ce qu'il faut faire lorsqu'un chiot a tendance à tout mâchouiller. Voilà une bonne solution!

— Viens, Chichi, dit Charles.

Il prit le chiot et, une fois de plus, il s'émerveilla de le sentir si léger. Quand Biscuit n'avait que quelques semaines, il pouvait facilement le prendre dans ses bras. Plus maintenant. Chichi, lui, resterait petit toute sa vie.

— Comment vais-je m'y prendre pour que tu ne mâchouilles rien dans la chambre de Rosalie? demanda Charles à son chiot.

Chichi releva la tête et cligna de ses grands yeux bruns.

Moi? Mâchouiller?

Ah! Chichi avait l'air si innocent! Mais Charles savait à quoi s'en tenir. Il réfléchit. Il décida de prendre son sac à dos et d'y mettre le chiot. Puis il referma la fermeture éclair et laissa une ouverture juste assez grande pour permettre à Chichi de sortir la tête du sac sans pouvoir en sortir. La face de Chichi, avec ses grands yeux, dépassait. Charles lui fit un bisou sur le museau.

— Ça devrait aller, dit Charles en mettant le sac sur son dos.

Il traversa le couloir sur la pointe des pieds et tendit l'oreille afin de s'assurer que Rosalie était toujours en bas. Il l'entendit rire, probablement à cause d'une finesse de Wawa. La voie était libre!

En entrant dans la chambre de Rosalie, on savait tout de suite qu'elle adorait les chiens. Bien sûr, il y avait les étagères pleines de livres sur les chiens, l'affiche sur les races de chiens dans le monde, accrochée au mur au-dessus de son lit, et plein de photos d'adorables chiots épinglées à son babillard. Il y avait aussi la collection de figurines de chiens de toutes les races, depuis le saint-bernard jusqu'au pékinois, sans compter les chiens en peluche sur son lit et la pile de revues spécialisées sur les chiens, sur sa table de nuit. La chambre de Rosalie était un véritable musée canin.

Charles déposa son sac à dos par terre et s'assura que Chichi pouvait sortir sa petite tête. Puis il s'agenouilla devant les étagères et passa les livres en revue : *L'agilité chez les chiens : les meilleurs trucs, Comment devenir le meilleur ami de votre chien, Éduquer les chiots pour les nuls.*

Aucun ne lui plaisait. Il ne voulait pas enseigner l'agilité à Chichi. Du moins, pas avant de lui avoir enseigné à ne plus mordre. Quant à être son meilleur ami, ce n'était pas un problème. Pas besoin d'un livre pour ça! Enfin, il ne savait peut-être pas très bien comment s'y prendre pour montrer à Chichi à ne plus mordre, mais il ne se sentait pas nul pour autant.

Finalement, il repéra le livre idéal : *Dix gros problèmes avec les chiots et dix solutions géniales,* de Michel Meloche. Il connaissait cet auteur. C'était un entraîneur bien connu et il l'avait vu, un jour, à une exposition canine. Charles prit le livre et se mit à le feuilleter.

— Ah! Voilà! dit-il avec un grand sourire. « Mordre et mâchouiller. »

Il referma le livre et se tourna vers son sac à dos. La tête de Chichi ne sortait plus du sac!

— Chichi? appela Charles en se penchant pour ouvrir le sac plus grand.

Le chiot avait réussi à s'échapper!

— Chichi! répéta Charles.

Il le chercha du regard dans la chambre en espérant que Chichi n'aurait pas déjà détruit un des précieux trésors de Rosalie.

Aucune trace du petit chiot brun et blanc!

Charles prit le livre et traversa le couloir jusqu'à sa chambre.

— Chichi? cria-t-il.

Charles fut soulagé de voir Chichi couché sur son lit. Le chiot releva la tête et regarda Charles en clignant de ses grands yeux bruns. Mais Charles fut aussi peiné de voir sa balle de baseball préférée toute déchiquetée!

CHAPITRE CINQ

En entrant dans sa chambre, Rosalie remarqua tout de suite qu'il manquait un livre. D'abord, elle fut fâchée. Charles n'était pas censé entrer dans sa chambre sans sa permission et encore moins prendre un livre. Puis elle décida de laisser passer. Elle connaissait le livre de Michel Meloche presque par cœur, de toute façon. D'ailleurs, se rappela-t-elle, il disait que certains petits chiens étaient très difficiles à éduquer à la propreté. Elle se sentit découragée. *Oh! Et puis, zut!* se dit-elle. *Qu'en sait-il, ce Michel Meloche?*

Elle regarda sous « Propreté » dans d'autres livres sur l'éducation des chiens. Puis elle s'assit sur son lit, installa Wawa sur ses genoux et se mit à réfléchir.

Comme on l'expliquait dans un de ses livres sur l'éducation à la propreté, le truc était d'offrir des conditions gagnantes aux chiots pour lui donner plus de chances de réussir et lui éviter de faire des erreurs. Autrement dit, il fallait donner au chiot toutes les chances de faire ses besoins au bon endroit et faire de son mieux pour l'empêcher de le faire au mauvais endroit. Il fallait donc emmener le chiot dehors au moins après chaque repas et chaque séance de jeux (parfois l'excitation avait pour effet de donner au chiot l'envie de faire ses besoins), avant de se coucher et tout de suite après s'être réveillé.

Wawa pouvait-elle faire sa nuit sans avoir d'accident? Rosalie pensait que non. Elle emmena le chiot dans le bureau de sa mère, à l'autre bout du couloir.

— Maman? demanda-t-elle. Comme c'est la semaine de vacances, pourrais-je faire sonner mon réveille-matin à minuit pour pouvoir emmener Wawa dehors?

— Je crois que oui, répondit Mme Fortin en souriant à sa fille. Tu sais quoi? Mme Daigle m'a donné le numéro de téléphone de M. Beauregard. Je l'ai appelé et je lui ai demandé s'il se souvenait du numéro de plaque du camion. Il a dit que non, pas au complet, mais il m'a donné assez de lettres et de chiffres pour pouvoir lancer une recherche. Je les ai donnés à mon ami du poste de police.

— Super, maman! s'exclama Rosalie en prenant les deux pattes avant de Wawa pour la faire applaudir. Regarde! Wawa te dit « Bravo! »

Après avoir sorti Wawa une dernière fois, Rosalie l'emmena dans la chambre de Charles pour lui montrer que son frère, Chichi, dormirait dans la chambre voisine. Les deux chiots se frottèrent le museau et battirent de la queue. Aucun des deux ne protesta quand Rosalie prit Wawa pour l'emmener dans sa chambre. C'était bon signe : les deux chiots se sentaient à l'aise dans leur nouvel environnement.

De retour dans sa chambre, Rosalie installa Wawa dans la cage que son père avait montée. La petite chienne devait être morte de fatigue après cette longue journée. Elle se roula en boule, le museau posé sur sa queue, et s'endormit.

Rosalie se releva quatre fois avec son chiot cette nuit-là. Chaque fois, elle dévalait les escaliers avec Wawa dans les bras et sortait dans la cour avec une lampe de poche pour pouvoir vérifier si Wawa faisait son besoin. Si c'était le cas, Rosalie lui faisait tout un cinéma et lui disait qu'elle était un petit trésor adorable. D'autres fois, elle ne faisait rien. Puis en se remettant au lit, Rosalie réglait son réveille-matin pour qu'il sonne deux heures plus tard.

Le lendemain matin, quand Rosalie se leva pour de bon, elle se sentit les yeux bouffis de fatigue. Elle jeta un coup d'œil dans la cage. Wawa la regarda du coin des yeux, avec son petit air espiègle. Et elle tremblota, aussi.

Oh non! se dit Rosalie. Mais quand elle toucha la couverture sous Wawa, celle-ci était sèche. Ça y était! La petite chienne avait probablement trembloté d'excitation parce qu'elle avait réussi à faire sa nuit. Rosalie sortit Wawa de la cage et la couvrit de baisers. Elle l'emmena en courant au rez-de-chaussée, puis directement dehors. Wawa s'accroupit et fit pipi. Rosalie la reprit dans ses bras et la couvrit encore de baisers.

— Bon chien! lui dit Rosalie.

Wawa trembla de bonheur.

Oh là là! Il n'y a pas de quoi en faire toute une histoire! Mais j'avoue que j'aime bien avoir toute cette attention.

Rosalie rentra dans la maison et mit la minuterie de la cuisine à 20 minutes. Quand elle sonna, elle emmena Wawa dehors. Elle continua ainsi durant tout l'avant-midi. Chaque fois que la minuterie sonnait, elle s'interrompait et emmenait Wawa dehors. Rosalie se disait que, en la sortant avant même qu'elle ait envie, la petite chienne ferait ses besoins plus souvent au bon endroit.

Mme Fortin était très impressionnée.

— Tu prends ton rôle très au sérieux, Rosalie, dit-elle à sa fille.

— C'est mon nouveau plan d'éducation, lui expliqua Rosalie. Je l'ai appelé « la méthode des 20 minutes ». J'ai eu cette idée la nuit passée. Si ça marche, je vais être riche et aussi célèbre que Michel Meloche.

— Fantastique! Mais as-tu remarqué que nous avions un autre jeune dresseur dans la maison? demanda Mme Fortin en pointant le menton en direction du Haricot qui tirait sur la laisse de Biscuit pour le faire sortir. Chaque fois que tu vas dehors, il sort Biscuit. Je le fais attendre jusqu'à ce que tu aies terminé. Ainsi, les deux chiots ont chacun leur espace.

C'est merveilleux! Biscuit reçoit beaucoup d'attention et fait de l'exercice, et le Haricot est occupé. Peut-être que j'arriverai même à travailler un peu sur mon article?

Plus tard ce matin-là, l'amie de Rosalie, Maria, téléphona.

— Je suis épuisée! se plaignit Maria en bâillant à l'autre bout du fil. Hier, j'ai à peine dormi de toute la nuit.

— Moi aussi, dit Rosalie en bâillant à son tour.

Pourquoi les bâillements étaient-ils si contagieux? Elle raconta à Maria sa nuit avec Wawa.

— Je me suis levée à deux heures, quatre heures et six heures du matin, précisa Rosalie.

Elle expliqua à Maria sa méthode des 20 minutes et termina en lui demandant pourquoi elle n'avait pas dormi.

— Je n'arrêtais pas de penser à cette usine à chiots et à toutes ces horreurs, dit Maria. Pauvres petits chiens! Je veux aider les chiots que Mme Daigle a recueillis au refuge. Papa a dit qu'il m'emmènerait en auto à l'animalerie AnimAmour qui vient d'ouvrir, pour acheter des gâteries spéciales. Tu veux venir avec nous?

— Bien sûr! répondit Rosalie.

Mais elle vit la minuterie et se rappela qu'elle ne pouvait pas.

— Oups! dit-elle. Où avais-je la tête? Je ne peux pas y aller. Je dois m'occuper de Wawa.

— Charles pourrait peut-être la sortir? proposa Maria.

— Non, je ne crois pas. Il est très occupé avec Chichi et, en plus, nous sommes en compétition.

Elle expliqua leur pari à Maria.

— Il veut gagner tout autant que moi, dit Rosalie. Alors, il ne voudra pas m'aider à éduquer mon chiot.

Mme Fortin fit signe à Rosalie.

— As-tu besoin d'aide? demanda-t-elle. Je peux surveiller Wawa tout en continuant à travailler dans mon bureau. Tu t'es montrée très responsable. Tu mérites une petite pause.

— C'est vrai? s'exclama Rosalie. Merci, maman!

Et elle reprit le téléphone pour dire à Maria qu'elle pouvait y aller.

— Nous passerons te prendre dans dix minutes, dit Maria.

Rosalie profita de ce temps pour s'assurer que sa mère comprenait bien la méthode des 20 minutes. Elle lui expliqua l'importance de féliciter Wawa quand celle-ci faisait pipi dehors et quels étaient les signes avant-coureurs, comme renifler le plancher, tourner en rond et s'accroupir.

Au centre commercial, Maria et Rosalie se dirigèrent vers l'animalerie AnimAmour tandis que M. Santiago passa saluer son ami Manuel, qui était propriétaire de la quincaillerie Rajotte, juste à côté. L'animalerie était énorme, avec des étagères qui allaient du plancher jusqu'au plafond et qui contenaient tout ce qu'il était possible d'imaginer pour les animaux de compagnie : des coussins et des paniers, des gamelles, de la nourriture, des cages à hamsters, des aquariums, des cages à oiseaux. Il y avait même toute une section consacrée aux lézards et aux serpents.

D'habitude, Rosalie adorait les animaleries. Mais celle-là était presque trop grande, avec trop de choses à regarder. Après avoir parcouru quelques allées sans rien trouver, Rosalie et Maria s'engagèrent dans la rangée 12 et trouvèrent enfin ce qu'elles cherchaient : les gâteries pour les chats et les chiens. Elles en firent une bonne provision pour les chiots. Puis elles se rendirent dans la rangée 10 où se trouvaient les jouets pour chiens. Elles choisirent un hamburger qui couine, une carotte en caoutchouc et un dinosaure en peluche vert et mauve, et elles les mirent dans leur panier. Mme Daigle était toujours très contente qu'on lui donne des jouets pour les chiens du refuge.

Puis, en se dirigeant vers la caisse, Rosalie remarqua les cages. Trois pauvres chiots teckels la regardèrent, du fond de leur prison. Dans une autre, un labrador noir, plutôt maigre, se tenait dans un coin tandis que ses frères et sœurs dormaient, entassés les uns sur les autres. À côté, un terrier grattait frénétiquement le fond de sa cage avec ses pattes, comme s'il pensait pouvoir s'enfuir. Au premier coup d'œil, Rosalie eut envie de pleurer. Elle aurait aimé être riche comme M. Beauregard et pouvoir tous les acheter et les emmener chez elle pour leur donner de l'affection.

— Attends! Regarde! dit Rosalie en tirant Maria

par la manche. On vend des chiots ici.

— Super! dit Maria. Qu'ils sont mignons! Allons les voir et leur dire bonjour.

Rosalie bloqua le passage à son amie.

— Mme Daigle dit que parfois, ces grandes animaleries prennent leurs chiots dans des usines à chiots, lui chuchota-t-elle à l'oreille.

— Quoi? s'exclama Maria en blêmissant de rage.

— Regarde-les, dit Rosalie en prenant Maria par le bras. Ont-ils l'air en santé? Suis-moi. Nous allons vérifier d'où ils viennent.

D'un pas décidé, elle se rendit à la caisse.

— Je ne sais pas d'où ils viennent, lui répondit la jeune caissière à qui elle posa la question. Demande-le à ce monsieur. C'est un des gérants du magasin.

Elle montra du doigt un grand type maigre, avec des lunettes, près de la porte d'entrée. Tout comme la caissière, il portait un tee-shirt rouge avec une inscription brodée devant : AnimAmour aime vos animaux.

— Rosalie, es-tu certaine que… commença Maria.

Parfois, Maria se sentait mal à l'aise lorsque Rosalie

décidait de dire ce qu'elle pensait ou lorsqu'elle faisait une scène. Mais Rosalie avait déjà rejoint le gérant.

— Pardon, monsieur, demanda Rosalie. Pourriez-vous me dire d'où viennent ces chiots?

— Les chiots ne sont pas mon rayon, répondit le gérant. Tu dois le demander au propriétaire, M. Gobelin. Mais je suis pas mal sûr qu'ils viennent d'un éleveur des environs. Le type qui nous les livre conduit un camion blanc avec des rayures rouges.

Rosalie prit des mains de Maria le panier rempli de jouets et de gâteries et le déposa par terre.

— C'est tout ce que je voulais savoir, répliqua-t-elle. Viens, Maria. Nous n'achèterons rien dans ce magasin.

Cela dit, elle se dirigea d'un pas ferme vers la sortie.

Le père de Maria les attendait devant le magasin.

— Vous n'avez pas trouvé un seul biscuit pour chiots dans ce magasin gigantesque? s'étonna-t-il en les voyant monter dans la voiture les mains vides.

Rosalie était trop en colère pour répondre.

— Ils vendent des chiots, expliqua Maria à son père. Des chiots qui viennent de l'usine à chiots dont je t'ai parlé.

— C'est affreux! s'indigna M. Santiago en fronçant les sourcils. Comment osent-ils s'appeler AnimAmour et faire une chose pareille? Si ça se sait, aucun propriétaire d'animal de compagnie ne voudra plus rien acheter dans ce magasin.

M. Santiago démarra la voiture et se rendit au supermarché pour que les filles puissent acheter des gâteries pour les chiots.

— Celles-là sont moins spéciales que les autres, dit Maria. Mais elles vont faire l'affaire.

Quand ils arrivèrent aux Quatre Pattes, Rosalie remarqua la grosse voiture noire de M. Beauregard stationnée devant. Dans le refuge, tout le monde était occupé à prendre soin des nouveaux chiots. André nettoyait des cages. Julie promenait trois chiots en même temps. Dans le coin de toilettage, Mme Daigle et M. Beauregard lavaient des chiots. M. Beauregard savonnait un jeune labrador noir. Il riait et criait de joie.

— C'est encore plus amusant que de lutter contre un alligator! dit-il à Rosalie et Maria.

Mme Daigle leur sourit, même si elle semblait très

fatiguée.

— M. Beauregard m'a donné un sérieux coup de main, expliqua-t-elle en essuyant un peu de mousse de savon collée à son nez. Il est venu ici plutôt que d'aller assister à une importante réunion d'affaires.

Rosalie parla à Mme Daigle des chiots à vendre à l'animalerie AnimAmour.

— Les animaleries de ce genre font vivre les usines à chiots, dit Mme Daigle en soupirant de découragement. On y vend beaucoup de chiots, et les usines à chiots leur en fournissent toujours plus. Pendant ce temps-là, des refuges comme les Quatre Pattes hébergent quantité de chiots prêts à être adoptés.

— Pourquoi les animaleries ne vendent-elles pas des chiots venant de refuges? demanda Rosalie.

— Certaines le font, répondit Mme Daigle. Je travaille avec quelques-unes de celles-là. On y annonce des chats et des chiens, adultes et petits, hébergés aux Quatre Pattes. Sur une affiche, on explique d'où viennent ces animaux. Les clients les paient un tout petit peu plus cher que ce que nous demandons ici pour une adoption. L'animalerie fait un petit profit et nous retourne le reste de la somme pour couvrir nos frais, comme les vaccins et les produits contre les puces.

— Pourquoi AnimAmour ne le fait pas, alors? demanda Rosalie.

— Je l'ai demandé aux responsables, dit Mme Daigle en secouant la tête. Quand ils ont annoncé leur ouverture prochaine, j'ai proposé au propriétaire, M. Gobelin, de collaborer avec nous. Mais il a dit que ce serait trop compliqué.

— Compliqué? s'écria Rosalie en serrant les poings de rage. Il est propriétaire d'une animalerie et il ne veut pas prendre soin de chiens abandonnés?

— Tu bous de rage, ma pauvre Rosalie, dit M. Beauregard. Tu devrais plutôt garder ton énergie pour faire quelque chose d'utile. Fais comme moi : je suis venu donner le bain à ces chiots, plutôt que de tourner en rond en rageant contre ces usines à chiots.

Rosalie approuva d'un signe de tête. C'était un bon conseil. Mais que pourrait-elle faire pour que M. Gobelin change d'avis?

CHAPITRE SIX

— Grrr! fit Charles. Aïe! Aïe! Aïe!

Chichi regarda Charles d'un air surpris.

Quoi? Ça te fait mal?

Le chiot cessa de mordiller le pouce de Charles.

— Ça marche! dit Charles en faisant un bisou sur la tête de Chichi. Bon chien!

Il sourit à Sammy. Ils jouaient dans la cour avec Chichi et ils appliquaient la nouvelle méthode d'éducation inventée par Charles.

Chichi lécha le menton de Charles. Puis il se mit à le mordiller et il finit par y planter carrément ses crocs.

— Aïe!! cria Charles. Grrr! Aïe!

Chichi cessa de mordre et regarda Charles en clignant des yeux.

Tu n'aimes pas ça? Bon, d'accord! Je ne le ferai plus.

— Bon chien! répéta Charles en fouillant d'une main dans sa poche pour prendre une gâterie. Tiens! (Charles sourit au petit chien qu'il tenait dans son autre main.) Tu apprends bien. Vraiment très bien!

— Qu'est-ce qui se passe ici? dit Rosalie en faisant claquer la porte de la cuisine.

Elle tenait Wawa dans ses bras. Elle traversa le patio, descendit les marches et déposa la petite chienne dans l'herbe. Wawa courut aussitôt rejoindre Charles, Sammy et Chichi.

Salut, frérot! Tu m'as manqué!

Chichi était si content de retrouver sa sœur qu'il se dégagea des bras de Charles et roula par terre avant de se remettre sur ses pattes.

Youpi! Tu es là!

Wawa sauta sur le dos de Chichi. Chichi se dégagea en se tortillant, posa une patte sur le dos de sa sœur et lui mordilla l'oreille. Wawa lança de petits cris et repoussa Chichi. Puis elle fonça sur lui, sauta sur son dos et lui mordit la queue. Chichi cria de douleur, se retourna et lui donna des coups de patte dans la figure. Les deux chiots roulèrent par terre, se remirent debout et se pourchassèrent dans la cour. Ils couraient si vite qu'on ne voyait plus qu'une tache floue, noire, brune et blanche. Chichi s'arrêta à côté d'un rosier en fleurs pour faire pipi et Wawa en fit autant. Puis ils recommencèrent à se poursuivre à toute vitesse.

Charles riait à en avoir mal au ventre. Sammy riait aussi. Rosalie ne souriait pas du tout.

— Qu'est-ce que vous aviez à grogner contre Chichi? demanda-t-elle.

— Nous essayions de lui apprendre à ne pas mordre, dit Charles. C'est une nouvelle méthode que j'ai inventée, et ça marche!

Charles était très fier de cette idée qu'il avait trouvée tout seul. Enfin, presque : Michel Meloche l'avait quand même un peu inspiré.

— Vois-tu, j'ai lu que les chiots apprennent à ne pas mordre en jouant avec leurs frères et sœurs, dit Charles. Exactement comme Chichi et Wawa viennent de le faire. Tu as entendu Wawa crier de douleur quand Chichi l'a mordue? C'est de cette façon que les chiots apprennent que mordre ça fait mal. Les mères aussi grognent contre leurs petits quand ils mordent trop fort.

— D'accord! dit Rosalie. Je te suis jusque-là : Chichi doit apprendre que ça fait mal quand il mord. Mais pourquoi ne pas simplement lui dire « Non! »

— Je déteste lui parler fort, expliqua Charles. Il est très sensible. Quand je crie, il se met à trembler, il me regarde avec ses grands yeux et je n'aime pas ça. Alors, j'ai décidé que, au lieu de crier, j'allais faire ce que son petit frère ferait. Il faut qu'il comprenne que ça fait mal quand il mord, que ce soit un chien ou un humain. Si je ne dis rien, il ne le saura pas. Mais si Sammy ou moi lâchons un petit cri ou aboyons, il s'arrête tout de suite. En tout cas, au moins pour une seconde. Je le félicite aussitôt de ne pas avoir mordu. Ça marche vraiment!

— C'est la méthode de dressage la plus bizarre que je connaisse, affirma Rosalie. Mais, bonne chance! Tu n'as pas encore remporté notre pari, car j'ai une bonne longueur d'avance sur toi. Ma méthode des 20 minutes fonctionne si bien que Wawa n'a pas eu un seul accident, aujourd'hui. Demain, je passerai à la méthode des trente minutes. Wawa est presque prête à être adoptée pour de bon, et je vais bientôt lui trouver un foyer.

— Chichi est presque prêt aussi, dit Charles. La partie n'est pas encore terminée, tu sais.

Rosalie soupira et s'assit sur la pelouse, à côté de Charles. Elle tira un brin d'herbe et se mit à l'effilocher.

— Même si nous trouvons des foyers pour Chichi et Wawa, il restera encore tous les autres, au refuge, dit Rosalie. Il faudra aussi leur trouver des foyers. Et pendant ce temps, les usines à chiots continuent de fournir de nouveaux chiots à vendre dans les animaleries comme AnimAmour.

Elle parla à Charles et Sammy des chiots qu'elle avait vus, là-bas. Elle leur expliqua que Maria et elle avaient décidé de ne rien acheter dans ce magasin et que Mme Daigle avait déjà demandé à M. Gobelin de ne plus vendre de chiots venant des usines à chiots, mais qu'il avait refusé.

— J'étais enragée, dit-elle.

— Essayons de faire quelque chose, dit Charles.

— C'est ce que m'a dit M. Beauregard, répliqua Rosalie. Mais quoi?

Charles réfléchit, puis proposa :

— Et si nous faisions une pétition?

Charles aimait bien faire des pétitions. Dernièrement, il avait aidé sa mère à en faire circuler une dans le voisinage. C'était une grande feuille de papier avec un en-tête expliquant que la ville avait besoin d'un nouveau terrain de soccer. Charles et Mme Fortin avaient recueilli plein de signatures de gens qui étaient d'accord. D'autres personnes la faisaient encore circuler autour de chez eux. Quand ils auraient recueilli assez de signatures, ils iraient porter la pétition aux responsables, à la mairie, et ils leur diraient : « Regardez! Plus de 500 personnes ont signé cette pétition qui indique que les citoyens ont besoin d'un nouveau terrain de soccer. »

Le maire n'aurait alors plus le choix et il devrait agir. L'expression que Charles aimait le plus dans le texte de la pétition était « NOUS SOUSSIGNÉS... ». Elle était écrite en grosses lettres anciennes. Tout cela donnait l'impression que ce document était officiel et très important, et qu'il passerait à la postérité.

— Nous pourrions faire signer une pétition contre les usines à chiots, dit Charles.

— Pas bête! répondit Rosalie. Mais il faudrait faire plus. Faire quelque chose de plus percutant, pour que les gens y pensent à deux fois avant de faire des achats chez AnimAmour.

Elle tira trois autres brins d'herbe et commença à les tresser.

Wawa était sur les genoux de Rosalie et Chichi, sur ceux de Charles. Chichi était confortablement roulé en boule et, pour une fois, il ne mordait pas. Charles le caressait doucement. C'était génial d'avoir un chien qui pouvait se coucher sur ses genoux. Biscuit était déjà trop grand pour le faire. Visiblement, les chihuahuas aimaient bien rester collés sur leur maître. Charles se dit que, si jamais il en avait un à lui, il aimerait le glisser dans sa poche et le trimballer partout avec lui.

— Je suis sûre que, si les gens savaient comment fonctionnent les usines à chiots, ils ne voudraient plus faire leurs achats chez AnimAmour, tout comme moi, dit Rosalie en lançant par terre sa tresse d'herbes à moitié finie. J'ai trouvé : nous allons organiser une manifestation. Nous pourrions défiler avec des pancartes devant AnimAmour et expliquer aux passants qu'ils ne devraient pas y faire leurs achats. Nous allons demander à tous les gens que nous connaissons et qui aiment les chiens d'y participer avec leurs chiens. Cela ne passerait pas inaperçu!

Charles dut avouer que c'était une très bonne idée.

— Ce pourrait être la première vraie activité du club Les Amis des animaux, dit-il. Un de nos rôles est d'informer les gens, après tout. Nous arriverons peut-être même à convaincre M. Gobelin de ne plus vendre des chiots qui viennent des usines à chiots.

Sammy voulait vite aller chercher chez lui de grands cartons et de la peinture, et commencer tout de suite à fabriquer des pancartes. Mais au même moment, le Haricot sortit sur le patio, avec Biscuit au bout de sa laisse.

— Chienchiens! cria-t-il.

Il descendit les escaliers, et Chichi et Wawa se mirent aussitôt à aboyer. Biscuit jeta un coup d'œil aux deux chihuahuas, puis il entraîna le Haricot de l'autre côté de la cour. Charles et Rosalie attrapèrent les chiots par le collier. Biscuit méritait de pouvoir sortir dans sa propre cour sans se faire pourchasser.

Biscuit se tint dans un coin de la cour et se mit à aboyer contre les chihuahuas. Chichi et Wawa lui répondirent en aboyant. Même Rufus et Cannelle, qui étaient dans la cour voisine chez Sammy, se mirent à japper.

Charles et Sammy échangèrent un regard, puis haussèrent les épaules. Ils se mirent à aboyer eux aussi. Une seconde plus tard, Rosalie et le Haricot en firent autant. Charles riait tout en jappant. Il ne savait pas trop pourquoi ils s'étaient tous mis à japper, mais il trouvait cela très amusant. Il avait l'impression qu'ils formaient tous ensemble une bande de chiens.

— Hé! Vous en faites tout un tapage! grogna
M. Fortin en sortant sur le patio et en les regardant
sévèrement, les mains sur les hanches. Taisez-vous,
toute la bande de chiens. Votre mère essaie de
travailler, là-haut.

Il rejoignit le Haricot afin de l'aider à calmer Biscuit.
Peu à peu, les aboiements cessèrent.

— Voilà! dit M. Fortin. C'est beaucoup mieux!
Maintenant, à qui le tour de mettre la table? C'est
bientôt l'heure du souper.

Durant quelques minutes, quand ils avaient planifié
la manifestation, puis jappé tous ensemble, Charles
s'était si bien amusé qu'il en avait oublié leur pari.
Mais en entendant les mots « mettre la table », il se
rappela qu'il se livrait à une compétition féroce.

Sammy donna un coup de coude à Charles. Celui-ci
savait exactement ce que ce signe voulait dire.

— Sammy peut-il souper avec nous? demanda-t-il à
son père.

M. Fortin sourit. Charles savait exactement ce que
ce sourire voulait dire aussi. Son père disait souvent
à la blague que Sammy mangeait plus souvent chez

les Fortin que chez lui.

— Bien sûr! Il y en a assez pour tout le monde, assura-t-il.

— Viens, Sammy, dit Charles en prenant Chichi dans ses bras. C'est mon tour. Alors, si tu veux rester, tu dois m'aider à mettre la table.

— J'espère que tu aimes ça, le taquina Rosalie. Parce que bientôt, ce sera ton tour pendant tout un mois, quand j'aurai remporté notre pari.

Charles tira la langue à Rosalie et rentra dans la maison avec Sammy. La guerre avait repris, c'était clair.

— Elle se croit très intelligente, dit Charles à voix basse à Sammy.

Charles prit des fourchettes, des couteaux et des serviettes de table. Sammy remplit des verres d'eau au robinet de la cuisine et les apporta à la table en n'en renversant qu'un tout petit peu en chemin.

— Hé! dit Sammy en déposant les verres sur la table. As-tu envie de donner une bonne leçon à Rosalie? Je viens d'avoir une super idée.

Charles plaça la dernière fourchette et le dernier

couteau à la place de M. Fortin. Il regarda Sammy. Sammy avait beaucoup d'idées. Pas toujours de bonnes idées, mais elles étaient toujours amusantes, du moins pour commencer.

— Dis toujours! répondit Charles.

CHAPITRE SEPT

Dring!

À l'étage, la minuterie de Rosalie venait de sonner. Elle quitta son poste d'ordinateur où elle était en train de rassembler de l'information à propos des usines à chiots. Elle jeta un coup d'œil à la petite chienne qui était assise à ses pieds et la regarda.

— Viens, Wawa, dit Rosalie. C'est l'heure de sortir! Wawa cligna des yeux et aboya de joie.

Encore? Déjà? Bon, d'accord! Ça me va. Avec toi, j'irais jusqu'au bout du monde.

Rosalie prit la petite chienne au creux de ses mains et descendit l'escalier. Charles et Sammy avaient fini de mettre la table, mais le souper n'était pas encore prêt. Très bien! Elle avait tant de choses à faire, en vue de la grande manifestation. Elle en avait discuté avec Maria, au téléphone. Elles avaient décidé que vendredi, dans deux jours, serait la journée idéale. Rosalie avait déjà imprimé des dépliants où on expliquait pourquoi les usines à chiots devraient être interdites. Les photos de chiots squelettiques entassés dans des cages trop petites lui donnaient mal au cœur. Elle avait gardé un dépliant pour sa mère, à joindre à la documentation de son article en préparation. Elle en avait déposé un autre sur le lit de Charles. Il pourrait en tirer des informations à inclure dans le texte de sa pétition.

En passant devant le salon, Rosalie entendit des chuchotements et des rires étouffés. Charles et Sammy! Que mijotaient-ils, ces deux-là? Combien de fois Sammy avait-il entraîné Charles à faire des choses complètement farfelues? Sammy avait souvent des drôles d'idées. En fait, Rosalie trouvait que Sammy avait une mauvaise influence sur son frère. Mais elle devait avouer que Sammy était drôle, toujours prêt à faire une bonne blague.

Dehors, Rosalie déposa Wawa sur la pelouse. La

petite chienne courut aussitôt vers le rosier où Chichi et elle avaient fait pipi, un peu plus tôt dans la journée. Elle s'accroupit et fit ses besoins. Puis elle inclina sa tête sur le côté et cligna des yeux en regardant Rosalie.

Je parie que tu m'as emmenée dehors pour ça. Oui? Oui? Oui?

— Bon chien, dit Rosalie qui avait couru la rejoindre et l'avait prise au creux de ses mains. Oh! Wawa, tu apprends vraiment bien, tu sais? Tu es une très bonne petite chienne.

Elle embrassa Wawa sur le museau, puis sur le dessus de la tête et sur les deux oreilles. Wawa trembla. Cette fois, Rosalie savait que c'était de joie.

De retour dans la maison, Wawa lâcha un petit cri.

Hé! Frérot, où es-tu?

Chichi, qui était dans le salon, répondit par un petit cri.

Viens ici et essaie de me trouver!

Wawa courut à la recherche de son frère.

— D'accord, Wawa, dit Rosalie. Tu peux aller jouer.

Elle régla sa minuterie et l'apporta en haut. Elle se dit qu'elle devrait mettre par écrit sa méthode des 20 minutes et l'afficher sur son forum de clavardage préféré d'éducation canine. La méthode était vraiment efficace. Elle allait bientôt faire sortir Wawa toutes les demi-heures, puis toutes les heures et, enfin, jusqu'à ce qu'elle n'ait plus besoin de la minuterie. Dans quelques jours, Wawa serait vraiment prête pour l'adoption permanente.

Rosalie frappa à la porte du bureau de sa mère. Elle était au téléphone. De la main, elle fit signe à Rosalie qu'elle n'en avait que pour quelques secondes. Biscuit et le Haricot étaient roulés en boule sur le coussin du chiot, à côté de la table de travail. Le Haricot aimait bien faire semblant d'être un chien.

— Merci, monsieur le député, dit Mme Fortin. Je vous remercie de bien vouloir me rencontrer.

Elle raccrocha et leva les deux mains en l'air, en

signe de victoire.

— C'est fantastique! s'exclama-t-elle. Notre député, monsieur Bérubé, a accepté de me rencontrer pour que je lui parle des usines à chiots et que je lui explique pourquoi elles devraient être interdites.

— Maman, c'est formidable! dit Rosalie en tapant dans les mains de sa mère.

Puis elle eut une idée. Elle était si excitée qu'elle sautait sur place. Biscuit commença à s'agiter. Il se leva de son coussin et se mit à tourner en rond. Le Haricot l'imita en pourchassant sa queue de chien imaginaire.

— Maman! s'écria Rosalie. Il faut que tu rappelles le député pour l'inviter à notre manifestation. Il pourra y apprendre tout ce qu'il y a à savoir au sujet des usines à chiots.

— Une manifestation? dit Mme Fortin.

— Oui! lui annonça Rosalie. Ce sera la première activité officielle des Amis des animaux.

Et elle lui expliqua tout : l'animalerie AnimAmour qui achetait des chiots dans des usines à chiots, l'idée qu'ils avaient mise au point ensemble, Charles,

Sammy et elle, et aussi l'idée de Maria, d'annoncer un lave-o-chiens qui se tiendrait en même temps, afin d'attirer beaucoup de propriétaires de chiens. M. Santiago allait demander à son ami Manuel s'ils pouvaient installer le lave-o-chiens à l'extérieur de sa quincaillerie.

— Eh bien! dit Mme Fortin. Vous n'avez pas chômé, à ce que je vois. Qu'en pense Mme Daigle?

— Elle trouve notre idée fantastique, dit Rosalie. Elle m'a donné les adresses des meilleurs sites Internet qui traitent des usines à chiots. À peu près les mêmes que tu as consultés pour ton article, je crois. As-tu celui qui présente une photo de...

— Rosalie! hurla Charles, depuis le rez-de-chaussée. Tu ferais mieux de venir tout de suite!

— Aïe! dit Rosalie.

Elle sortit en trombe du bureau de sa mère et dévala les escaliers.

— Qu'est-ce qui se passe? demanda-t-elle. Où est Wawa?

Charles la conduisit dans le couloir et lui montra une petite flaque.

— On dirait que Wawa n'a pas pu attendre 20 minutes, cette fois-ci, fit-il.

— Oh! Non! dit Rosalie en regardant Wawa, qui était assise sous la table du téléphone, dans l'entrée.

La petite chienne la regarda en clignant des yeux. Elle tremblait de tous ses membres et remuait la queue.

Qui ça? Moi?

— Oh! Wawa! dit Rosalie en soupirant de découragement.

Elle ne cria pas et ne lui dit pas « Non! » C'était trop tard. Le dégât était fait, et probablement par sa faute, en plus. Elle aurait peut-être dû laisser Wawa plus longtemps dehors, la dernière fois, au lieu de vite remonter à l'étage. Elle prit la petite chienne dans ses bras et sortit en courant par la porte de la cuisine. Même s'il était trop tard, Rosalie savait qu'il était bon de lui montrer où elle aurait dû faire pipi.

Elle déposa Wawa sur la pelouse, près du rosier. Wawa s'assit et regarda Rosalie, la tête penchée d'une drôle de façon. Rosalie se dit qu'elle semblait fâchée.

— Ne t'en fais pas, Wawa, dit-elle en la reprenant dans ses bras et en lui grattant le dessus de la tête. Ce n'est pas ta faute.

Wawa se tortilla de plaisir.

Moi, m'en faire? Pourquoi je m'en ferais?

Une fois rentrée, Rosalie nettoya le pipi avec des essuie-tout. Charles et Sammy la regardèrent faire.

— Dommage! dit Charles en secouant la tête. Tout allait si bien, pourtant.

— On dirait que Michel Meloche n'a pas à craindre la concurrence avec ta méthode des 20 minutes, fit remarquer Sammy d'un ton taquin.

— Peut-être que tu ferais mieux de te mêler de tes affaires, répondit Rosalie en serrant les dents. Et puis, c'était juste un petit accident. Sans aucune importance! Ça n'arrivera plus, pas vrai Wawa?

Elle prit le chiot dans ses bras et colla son petit corps contre sa joue. Wawa trembla, puis lécha la joue de Rosalie. Rosalie la ramena à l'étage, la tête bien haute, en faisant semblant d'ignorer les mots chuchotés et les rires étouffés de son frère et de son monstre de petit copain. D'ailleurs, que connaissaient-ils en matière d'éducation canine?

Au rez-de-chaussée, Sammy et Charles se pliaient de rire.

— Génial! s'exclama Sammy.

Charles repensa à la tête que Rosalie avait faite en découvrant la flaque. Ha! mademoiselle Je-Sais-Tout avait eu la surprise de sa vie!

— Génial! répéta-t-il.

— Combien de temps devrions-nous attendre avant de recommencer? demanda Sammy quand il eut finalement repris son souffle.

— Recommencer? répéta Charles, un doute dans la voix.

— Oui, recommencer! dit Sammy. Allez! On va bien rigoler!

À l'étage, Rosalie remit la minuterie et l'emporta avec Wawa dans le bureau de Mme Fortin.

— Tout va bien? demanda Mme Fortin.

— Pas de problème, dit Rosalie. Un petit souci,

mais pas de problème. J'ai tout nettoyé. Alors, vas-tu le rappeler? S'il te plaît!

— Rosalie, dit Mme Fortin. Je sais que tu veux que je rappelle le député Bérubé. Et je le ferai. Mais j'ai encore beaucoup de travail de documentation et de rédaction à faire pour mon article. Je ne le rappellerai donc probablement pas ce soir. De plus, c'est presque l'heure du souper, et je ne voudrais pas le déranger.

Elle fit pivoter sa chaise et regarda Rosalie droit dans les yeux.

— Mais tu ne devineras jamais, dit-elle. Je viens de parler à mon ami, au poste de police. Je lui avais donné les numéros relevés par M. Beauregard pour qu'il puisse tenter de retrouver le propriétaire du camion. Tu sais, celui qui a transporté les chiots?

— Et alors? demanda Rosalie, impatiente de savoir.

— Il a réussi à retrouver le numéro de plaque complet. Et le camion est enregistré au nom de la compagnie Jolis Toutous inc.

Rosalie sentit son cœur se mettre à battre plus fort.

— C'est donc bien une usine à chiots! s'écria-t-elle.

— Probablement, dit Mme Fortin. C'est ce que je

vais voir demain en me rendant sur place avec le père de Sammy. Nous allons nous présenter comme un couple qui voudrait adopter un chien. En réalité, je vais observer tout ce qui s'y passe, et le père de Sammy va prendre des photos.

Le père de Sammy était photographe et travaillait à l'occasion pour Le Courrier de Saint-Jean.

— Maman, c'est vrai? s'exclama Rosalie. Est-ce que je peux y aller avec vous?

— Non, Rosalie, répondit Mme Fortin, d'une voix douce, mais ferme. Je crois que tu n'aimerais pas la visite. D'après tout ce que j'ai pu lire au sujet des usines à chiots, ce ne sera pas beau à voir.

Rosalie approuva de la tête. Elle se rappela les photos d'usines à chiots qu'elle avait vues sur l'Internet. Des chiots squelettiques, à l'air malade, de toutes les tailles et de tous les genres, dans un local obscur, entassés dans des cages sales où il y avait à peine assez de place pour se retourner. Leurs grands yeux tristes semblaient dire « Au secours! Au secours! » Rosalie avait même fait un cauchemar : Biscuit était enfermé dans une cage comme celles-là! Voir la triste réalité lui ferait probablement faire des cauchemars pour le restant de ses jours.

— Je crois que tu as raison, dit-elle à sa mère. Mais j'ai hâte de lire ton reportage.

— À condition qu'il y ait matière à en faire un, répondit Mme Fortin. Nous verrons bien demain.

Rosalie entendit Charles et Sammy monter l'escalier, toujours en chuchotant. Que mijotaient-ils encore? Chichi se mit à aboyer. Wawa sauta des genoux de Rosalie et courut rejoindre son frère au bout du couloir.

— D'accord, maman, dit Rosalie. Mais demain, avant de partir pour l'usine à chiots, pourrais-tu...

— Oui, c'est promis, l'assura Mme Fortin. Je vais appeler le député pour lui parler de votre manifestation.

— Merci, maman, dit Rosalie.

Elle se leva et partit chercher Wawa. En se dirigeant vers la chambre de Charles, elle remarqua une chose qui ne lui fit pas plaisir du tout.

Une flaque.

Une toute petite flaque.

Au beau milieu du couloir.

Comment était-ce possible? La minuterie n'avait pas encore sonné, et Wawa venait juste d'avoir un accident *en bas*. Rosalie se rendit jusqu'à la chambre de Charles et entra sans frapper. Sammy et Charles étaient par terre et jouaient avec les deux chiots. Charles leva les yeux et la regarda d'un air qui lui rappela Chichi avec ses grands yeux innocents.

— Bonjour, Rosalie, dit-il. Ça va?

Rosalie ne voulut pas lui donner le plaisir d'apprendre que Wawa avait encore fait une bêtise. Sans dire un mot, elle prit la petite chienne fautive dans ses bras et sortit de la chambre. Elle descendit les escaliers et l'emmena dans la cour. Elle la déposa devant le rosier et la regarda renifler autour d'elle pendant quelques secondes. Puis Wawa s'assit et regarda Rosalie, la tête penchée de côté.

Qu'est-ce que j'ai encore fait?

— Pauvre Wawa! dit Rosalie. Ça ne va pas, mais je ne sais pas pourquoi. Est-ce parce que j'ai marché en tapant des pieds tout l'après-midi, tant j'étais en colère à cause des chiots d'AnimAmour? C'est ça? Tu es peut-être trop sensible, pas vrai?

Rosalie était découragée. Elle ne comprenait pas très bien, mais elle était sûre que c'était sa faute si Wawa avait tous ces accidents. Elle, la grande dresseuse de chiens. Ha! Wawa avait peut-être un problème trop grave pour que Rosalie arrive à le régler.

Rosalie soupira et se dirigea vers la maison.

— Viens, Wawa, dit-elle. Ce doit être l'heure du souper, maintenant.

À l'étage, Sammy et Charles avaient observé toute la scène depuis la fenêtre. Sammy avait bien ri, mais Charles se sentait peiné pour Rosalie et encore plus pour Wawa. La pauvre petite chienne devait être toute mêlée, maintenant.

— Nous devrions peut-être tout lui dire, proposa Charles.

— Pas question! dit Sammy d'un ton cinglant. Pas tout de suite. On le fait encore une fois. Allez, Chou-fleur! Ne me laisse pas tomber maintenant!

Charles hésita. Rosalie avait-elle eu sa leçon? Allait-elle cesser de faire la mademoiselle Je-Sais-Tout? Allait-elle cesser d'agir comme si elle était certaine de remporter leur pari? Hum! Peut-être pas encore tout à fait.

— D'accord, dit-il à Sammy. Mais juste une fois.

— Le souper est servi, annonça M. Fortin, depuis la cuisine.

— Viens, Chichi! lança Charles en prenant le chiot dans ses bras.

Chichi ouvrit la bouche et saisit la main de Charles mais, avant même que celui-ci ait eu le temps de crier, le chiot se reprit et cessa de le mordiller.

— Bon chien! lui dit Charles en l'emmenant en bas.

Dans la salle à manger, Rosalie venait de déposer un grand plat d'asperges sur la table. Wawa trottinait derrière elle.

Charles déposa Chichi par terre, et Wawa courut tout de suite le rejoindre.

Les deux chiots remuaient la queue. Ils se frottèrent le museau l'un l'autre et ils tremblèrent de joie, comme s'ils ne s'étaient pas vus depuis des jours.

Quand Rosalie retourna dans la cuisine, Sammy

donna un coup de coude à Charles.

— Vas-y! lui chuchota-t-il à l'oreille.

Charles regarda tout autour afin de s'assurer que personne ne le verrait. Puis il sortit une petite bouteille d'une de ses poches et versa de l'eau sur le plancher. Il fit exprès de placer la flaque le plus près possible du splendide tapis ancien de sa mère sans le mouiller.

CHAPITRE HUIT

Charles retint son souffle. Son cœur battait très fort. D'une seconde à l'autre, quelqu'un allait arriver et voir la flaque. Il se dit qu'il aurait préféré ne jamais s'embarquer dans toute cette histoire. Pourquoi s'était-il laissé convaincre par Sammy?

Il allait prendre une serviette de table pour essuyer la flaque quand le Haricot et sa mère entrèrent dans la salle à manger.

— Biscuit enfermé en haut, déclara le Haricot, tout fier de lui.

— Enfermé? dit Charles. Mais pourquoi?

— Il veut dire qu'il l'a enfermé dans sa chambre pour le temps du souper, expliqua Mme Fortin. Il t'a vu le faire, quand nous devons tenir Biscuit à l'écart de nos chiots en famille d'accueil pendant un moment. Pas bête!

Elle tapota la tête du Haricot. Mais le Haricot n'y

prêta pas attention. Il avait remarqué quelque chose.

— Chienchien oh non! dit-il en montrant la flaque du doigt.

Charles regarda la flaque. Il s'aperçut avec horreur qu'elle s'était étendue jusqu'au coin du tapis et avait fait une grosse tache sombre.

— Qu'y a-t-il, mon trésor? demanda Mme Fortin au Haricot, en tournant les yeux vers le tapis. Aaah! Mon tapis! Ces chiots, ils font n'importe quoi!

— Ce n'est pas la faute de Chichi, se dépêcha de dire Sammy. Je le tenais dans mes bras.

Comme de fait, le chiot brun et blanc était blotti dans ses bras.

— Wawa? dit Rosalie en revenant dans la salle à manger, un plat de pommes de terre dans les mains.

En apercevant la flaque, elle eut l'air découragé.

— Oh non! Wawa, pas encore! soupira-t-elle.

Wawa s'assit à côté de la flaque. Elle regarda Rosalie en clignant des yeux et se mit à trembler de tous ses membres.

Non, ce n'est pas moi! Non, non, non!

Rosalie la prit dans ses bras et l'emmena en courant dans la cour.

— Qu'est-ce qui se passe? demanda M. Fortin en passant la tête par la porte de la cuisine.

Mme Fortin montra du doigt la flaque sur le plancher.

— Oh non! dit M. Fortin. Ça va mal. Je me disais bien que deux chiots, ce serait peut-être trop.

Sammy donna un coup de coude à Charles et sourit. Mais Charles ne lui rendit pas son sourire. Il n'avait plus du tout envie de rire. Rosalie était vraiment bouleversée. Mme Fortin était fâchée. M. Fortin était sur le point de dire qu'ils ne pouvaient plus garder les deux chiots. Et la pauvre Wawa pensait probablement qu'elle avait fait une très grosse bêtise.

— Ce n'est pas ce que vous croyez, déclara Charles, en sortant de sa poche la petite bouteille d'eau, au moment où Rosalie revenait avec Wawa et un rouleau d'essuie-tout. C'est seulement de l'eau.

— Charles! s'exclama M. Fortin. Tu veux dire que tu as versé de l'eau sur le plancher pour faire croire à Rosalie que Wawa avait eu un accident?

— Je suis désolé, dit Charles en regardant le bout

de ses chaussures. Je suis vraiment désolé. C'était seulement pour faire une blague.

— Une blague pas drôle du tout, dit Mme Fortin en fronçant les sourcils. Franchement, Charles! J'ai cru que Wawa avait abîmé mon tapis.

— Ça ne te ressemble pas, Charles, dit M. Fortin en secouant la tête.

Charles se sentit rougir comme une tomate. M. Fortin avait raison : ce n'était pas son genre.

— Au début, c'était drôle, dit-il, en tentant de s'expliquer. Ensuite... Je ne sais pas. On a juste continué.

— Je n'en reviens pas! s'écria Rosalie en regardant son frère d'un air assassin. Tu veux dire que toutes les flaques de ce soir n'étaient que de l'eau? (Elle lui lança le rouleau d'essuie-tout.) Tu es vraiment incroyable! Tu sais quoi? Oublie ta stupide idée de pétition. Et ta présence n'est pas souhaitée à notre manifestation.

— Mais... bredouilla Charles.

Il s'interrompit en voyant la tête que lui faisaient ses parents. Il se dit qu'il était préférable de ne plus dire un mot. Il aurait pu dénoncer Sammy, mais il savait que ce n'était pas seulement la faute de son ami. Après tout, il avait approuvé son idée. Il se contenta donc de répéter encore une fois :

— Je suis désolé.

Il se pencha pour essuyer la flaque d'eau. Il aurait aimé pouvoir faire comme Biscuit quand il faisait une bêtise : se réfugier sous la table et lancer un regard suppliant. Rosalie pardonnait toujours à Biscuit. Elle lui pardonnerait peut-être, à lui aussi.

— Euh... dit Sammy d'une voix gênée. Je crois que je vais aller souper chez moi, finalement.

Il redonna Chichi à Charles et repartit discrètement chez lui, laissant Charles seul pour un souper de famille très silencieux.

Pendant tout le reste de la soirée, Charles chercha un moyen de faire la paix avec Rosalie. Il prit sa balle de baseball déchiquetée et la fit passer d'une main à l'autre, mais aucune bonne idée ne jaillit de son cerveau. L'effet magique de sa balle avait peut-être disparu, maintenant qu'elle était fichue? Il dormit mal parce qu'il cherchait toujours une idée.

Finalement, quand le ciel commença à pâlir et qu'on entendit le chant d'un rouge-gorge dehors, Charles sortit de son lit et emmena Chichi dehors faire ses besoins. Puis il rentra, ouvrit son placard et dénicha une vieille tablette de papier brouillon pour le dessin. Il la déposa sur sa table de travail et, au haut d'une feuille, il écrivit en s'appliquant bien : NOUS SOUSSIGNÉS,...

Charles n'avait pas le droit d'appeler Sammy avant 9 heures. C'était la règle. À 9 h 01, il téléphona et son ami répondit.

— Sammy, j'ai besoin de ton aide, dit Charles. Et tu sais que tu ne peux pas me la refuser.

Mme Fortin avait quitté la maison plus tôt pour se rendre à l'usine à chiots en compagnie du père de Sammy. Elle espérait terminer son article et le déposer à son journal le jour même. Ainsi, il paraîtrait le matin de la manifestation. Mais M. Fortin accepta avec plaisir de conduire les deux garçons au centre-ville avec Chichi, Biscuit et les deux chiens de Sammy, Rufus et Cannelle. Ils installèrent une table devant la librairie Le Chien chanceux. Le propriétaire, Jérôme

Cantin, était leur ami. Charles déposa sur la table sa pétition et le dépliant que Rosalie avait imprimé. Puis Jérôme et Sammy l'aidèrent à accrocher la grande affiche qu'il avait préparée plus tôt ce matin-là, avec ses crayons-feutres de couleur. Il avait écrit :

À TOUS LES AMIS DES ANIMAUX!
GRANDE MANIFESTATION
CONTRE LES USINES À CHIOTS
DEMAIN DE 10 H À 12 H!
LAVE-O-CHIENS AU PROFIT DU REFUGE
LES QUATRE PATTES. 2 $ SEULEMENT!

Charles avait découpé des photos de chiens, jeunes et adultes, dans une revue et les avait collées sur son affiche. Il avait dessiné des traces de pattes de chien sur le pourtour. Elle était pas mal réussie.

— Excellent pour attirer l'attention des gens, dit Jérôme en se frottant le menton. Mais tu devrais peut-être préciser où aura lieu la manifestation.

Oups! Charles prit un gros feutre noir qu'il avait apporté, au cas où, et écrivit DEVANT L'ANIMALERIE ANIMAMOUR en grosses lettres détachées dans le peu d'espace qui restait.

— Qu'est-ce qui se passe? dit une femme en s'approchant de la table.

Elle serait peut-être la première personne à signer la pétition. Elle lut à voix haute : « Nous soussignés, pensons que les usines à chiots devraient être interdites. Il y a déjà assez de chiots abandonnés, partout dans le monde. Pas besoin d'en ajouter avec les usines à chiots. Écrivez à nos législateurs pour protester. Demandez-leur d'interdire les usines à chiots. Et allez dire aux gens de l'animalerie AnimAmour qu'ils ne devraient pas vendre des chiots venant des usines à chiots. » Elle ponctua sa lecture de « Oh » et de « Incroyable! »

— Mais c'est affreux, dit-elle finalement.

Elle remit le dépliant sur la table et regarda la pétition sans aucune signature. Puis elle repartit.

— Eh! dit Charles.

Elle ne se retourna pas.

Jérôme Cantin se pencha devant la pétition.

— Parfois, ça aide les gens quand il y a déjà quelques noms inscrits, dit-il en signant sur la première ligne, avec des fioritures.

Charles et Sammy signèrent à leur tour, sous le nom de Jérôme. La pétition se présentait beaucoup mieux! Charles était certain que la prochaine personne qui s'arrêterait allait la signer.

Chez les Fortin, Rosalie et Maria étaient assises à la cuisine, entourées de bols à mélanger, d'ustensiles de cuisine et de sachets d'ingrédients. La cuisine tout entière était recouverte d'une fine couche de farine : les comptoirs, la poignée du frigo, l'évier et même les deux filles.

— Quelle bonne idée! s'écria Rosalie en essuyant la farine sur le bout de son nez. Pourquoi acheter des biscuits de chiens chez AnimAmour? C'est bien mieux de les faire soi-même, et on pourra les distribuer à la manifestation.

Elle était en train de mesurer une cuillerée à table de levure quand la minuterie sonna.

— Oups! dit-elle. C'est l'heure d'y aller, Wawa.

Elle souleva la petite chienne et l'emmena vite dehors.

Wawa trottina jusqu'au rosier et fit ses besoins.

Ça y est! J'ai réussi! C'est bien ce que tu veux que je fasse quand nous venons ici?

— Je suis encore en colère contre Charles, dit Rosalie à Maria, après avoir félicité Wawa en la ramenant dans la maison. Comment a-t-il pu penser à un truc aussi tordu? Attends qu'il voie de quel bois je me chauffe.

— Voyons, Rosalie, fit remarquer Maria. Tu sais bien que l'idée vient probablement de Sammy. Sammy n'est pas un mauvais garçon, mais il adore jouer des tours. Je ne pense pas que Charles et lui ont vraiment voulu être méchants.

— Pas sûr! dit Rosalie.

Elle ouvrit le frigo, et ses yeux s'arrêtèrent sur la bouteille de ketchup.

— J'ai une idée! s'exclama-t-elle en saisissant la bouteille. Tout à l'heure, quand j'aurai Chichi dans les bras, je vais verser un peu de ketchup sur ma main et faire semblant qu'il m'a mordue. J'aurai l'air de saigner.

— Ce n'est pas très gentil, dit Maria en secouant la

tête. Je pense que tu devrais plutôt lui pardonner, tout oublier et passer à autre chose. L'important, c'est d'éduquer ces deux chiots et de leur trouver de bons foyers, tu ne crois pas?

— Mais M. Beauregard a dit qu'il valait mieux agir quand on était en colère, protesta Rosalie. C'est d'ailleurs comme ça que l'idée de la manifestation nous est venue.

Maria venait d'abaisser une première boule de pâte à biscuit, et Rosalie lui passa un emporte-pièce en forme d'os.

— Eh bien, c'est vrai si tu es en colère à cause d'un grand magasin ou d'une usine à chiots. Mais pas quand il est question de ton petit frère et qu'il n'a rien fait de grave, dit Maria en levant les sourcils.

Rosalie savait que Maria avait toujours rêvé d'avoir un frère. Comme elle était un enfant unique, elle ne voyait que les bons côtés d'avoir des frères et sœurs. Elle ne comprenait pas toujours à quel point ils pouvaient être casse-pieds par moments. Mais Maria avait sans doute raison et Rosalie le savait. Qu'est-ce que ça lui rapporterait de se venger? Il était visiblement honteux de ce qu'il avait fait.

— Tu sais que Sammy a une très mauvaise influence sur mon frère, dit-elle à son amie. Eh bien, je peux dire que toi, tu as une très bonne influence sur moi.

Elle remit la bouteille de ketchup dans le frigo.

— Regarde les choses sous un autre angle, suggéra Maria. Tu devrais être contente : Wawa n'a pas eu tous ces « accidents », il s'agissait de faux accidents. Donc ta méthode des 20 minutes fonctionne!

Maria ouvrit la porte du four et y glissa une plaque de biscuits. Rosalie sourit en se disant que Maria avait entièrement raison.

— Hourra! s'écria-t-elle.

Et les deux filles se tapèrent dans les mains.

Au centre-ville, Charles et Sammy passèrent toute la journée à recueillir des signatures. Ils interpellèrent tous les gens qui passèrent devant eux. À chacun ils expliquèrent ce qu'étaient les usines à chiots, qu'on devrait les interdire et que l'animalerie AnimAmour ne devrait pas vendre des chiots venant de ces usines. Certains prirent le temps de les écouter et discutèrent avec eux. D'autres se contentèrent de signer la pétition et de repartir aussitôt. Quelques-uns se montrèrent d'accord avec eux, mais ne voulurent pas signer. Presque tout le monde prit le temps de caresser Chichi, Rufus, Cannelle et Biscuit en leur disant qu'ils étaient de bons chiens. Charles surveilla Chichi de très très près. Le chiot ouvrit la bouche et saisit la main d'une dame, mais, heureusement, il ne mordit personne.

— Désolé, dit Charles à la dame. Il ne voulait pas vous faire mal.

— Ce n'est pas grave, dit la dame en éclatant de rire. Je suis habituée aux chiots, même si mon chien Barberousse est grand maintenant. Je dois dire que celui-ci est un des plus mignons que j'aie vu de toute ma vie. Il est minuscule, mais il a tout un caractère.

— Nous lui cherchons une famille, dit Charles. Il vient d'une usine à chiots des environs et il a été recueilli par un refuge. Il est très intelligent et vraiment gentil.

— Oh! dit la dame en se penchant vers Chichi. Aimerais-tu venir habiter avec Barberousse et moi?

La dame sourit à Charles et ajouta :

— Barberousse adore les petits chiens. Je serai à la manifestation demain et j'amènerai Barberousse. S'ils s'entendent bien, ce petit trésor aura trouvé un foyer pour toujours.

Charles et Sammy échangèrent un regard entendu en souriant.

— Hourra! s'écria Sammy quand la dame fut repartie après avoir signé la pétition. Attends de voir la réaction de Rosalie! Tu as trouvé une famille pour Chichi. Tu as remporté le pari!

— On ne devrait pas lui en parler avant d'en être absolument sûr, dit Charles.

Plus d'une famille d'adoption leur avaient fait faux bond dans le passé.

Charles et Sammy travaillèrent encore durant quelques heures et recueillirent près d'une centaine de signatures. Charles avait très hâte de montrer la pétition à Rosalie. Serait-ce suffisant pour se faire pardonner le méchant tour qu'il lui avait joué?

Quand Charles rentra à la maison, Rosalie et Maria en étaient à sept douzaines de biscuits.

— Ça suffira pour quatre-vingt-quatre chiens, dit Rosalie en les montrant à son frère.

— Je crois qu'il nous en faudra encore plus, dit Charles en montrant fièrement la pétition à Rosalie.

— Pas mal! approuva Rosalie.

À contrecœur, elle dut admettre que Charles s'était bien débrouillé. Ça faisait beaucoup de signatures. M. Gobelin ne pourrait plus faire semblant de rien.

— Tu pourrais le laisser recueillir d'autres signatures pendant la manifestation, lui murmura Maria à l'oreille.

— D'accord! D'accord! dit Rosalie en levant les bras en l'air pour montrer qu'elle cédait.

Maria prenait cette histoire de « bonne influence » un peu trop au sérieux, se dit-elle.

— Hourra! cria Charles. Il va y avoir des tonnes de maîtres avec leurs chiens, là-bas. Nous en avons parlé à beaucoup de gens, et plusieurs ont dit qu'ils viendraient.

— Bon, bon! On verra, dit Rosalie, pas tout à fait prête encore à lui pardonner le mauvais tour. Espérons qu'ils viendront tous.

CHAPITRE NEUF

— Waouh! s'exclama Rosalie en contemplant la foule qui s'était rassemblée devant AnimAmour, le lendemain matin. Incroyable : ils sont tous venus!

Des dizaines de maîtres avec leurs chiens étaient déjà là et d'autres continuaient d'arriver. Rosalie aperçut un homme qui regardait de derrière la vitrine d'AnimAmour. Il portait un veston boutonné, par-dessus le chandail rouge du personnel de l'animalerie.

— Ce doit être M. Gobelin! dit-elle.

Elle lui sourit, mais il ne lui renvoya pas son sourire.

— Nous n'en avons même pas assez pour tout le monde, dit Charles en déchargeant une pile de pancartes à l'arrière du camion de son père.

Sammy, Rosalie, Maria et lui avaient travaillé pendant des heures, la veille, à peindre sur des pancartes des slogans comme À BAS LES USINES À CHIOTS! ou VOUS AIMEZ LES ANIMAUX?

N'ACHETEZ PAS CHEZ ANIMAMOUR! Charles s'attendait à ce qu'un bon nombre des personnes à qui il avait parlé la journée précédente soient là. Mais la foule rassemblée ce matin-là dépassait toutes ses attentes. Probablement parce que Mme Fortin avait annoncé la manifestation dans le journal paru le matin même.

Charles avait été incapable de regarder les photos incluses dans l'article ni même de lire tout le texte que sa mère avait écrit à propos des usines à chiots. Cela lui faisait mal au cœur de penser à tous ces chiens, jeunes et adultes, enfermés dans des cages et cela le révoltait aussi. Bien des gens avaient dû réagir comme lui, car ils étaient venus protester en grand nombre contre les usines à chiots. Il y en avait de tous les âges, depuis les tout-petits jusqu'aux personnes âgées s'appuyant sur des cannes. Il y avait aussi des chiens de tous les genres : des gros et des petits, des chiens de salon et des chiens de chasse. Les gens parlaient entre eux tandis que leurs chiens se reniflaient les uns les autres. Charles aperçut la dame qui voulait adopter Chichi et il la salua de la main.

Elle lui rendit son salut et montra le chien qu'elle tenait en laisse : un magnifique chien à poils longs, blond roux. Ce devait être Barberousse. La dame sourit à Charles. *Youpi!* se dit-il. *Je vais peut-être gagner le pari.* Dès qu'il aurait une seconde, il irait présenter Chichi à Barberousse.

Mme Daigle était arrivée très tôt, avec M. Beauregard, André et Julie. Ils étaient venus avec tous les chiots de l'usine à chiots hébergés aux Quatre Pattes, entassés dans la voiture de M. Beauregard. Rosalie observa Mme Daigle qui éclata de rire en voyant la foule, puis qui fit un drôle de salut à l'homme qui regardait par la vitrine d'AnimAmour, celui-là même à qui Rosalie avait souri un peu plus tôt.

— Tant pis pour vous, M. Gobelin! dit Mme Daigle en se retournant vers Charles et Rosalie. Je l'avais pourtant prévenu. Je lui ai demandé des dizaines de fois de ne plus vendre de chiots provenant d'usines à chiots. Je l'avais averti que le club Les Amis des animaux organisait une manifestation. Il ne semblait pas m'avoir prise au sérieux.

Charles et Sammy distribuaient des pancartes.

Mme Fortin aidait Rosalie et Maria à mettre en place le lave-o-chiens devant la quincaillerie Rajotte. M. Fortin et le Haricot qui tenait Biscuit en laisse, parcouraient la foule en distribuant des biscuits pour chien faits à la maison. Rosalie et Maria les avaient emballés dans des sacs à sandwich auxquels elles avaient attaché la recette. Elles avaient inscrit en en-tête : N'ACHETEZ PLUS VOS GÂTERIES CHEZ ANIMAMOUR! FAITES-LES VOUS-MÊMES!

Mme Daigle et M. Beauregard se promenaient dans la foule en saluant tous les maîtres avec leurs chiens. Charles observa M. Beauregard qui donnait tantôt une tape sur le dos, tantôt un bisou et disait des mots gentils à chaque chien qu'il rencontrait. Tandis que M. Beauregard s'occupait des chiens, Mme Daigle souhaitait la bienvenue à leurs maîtres et les remerciait d'être venus.

— Hé! Chichi! dit Charles. Euh, pardon! Je voulais dire *wouf wouf wouf!*

Il tenait Chichi d'une main et une feuille de pétition de l'autre. Ce n'était vraiment pas le moment de se faire mordiller les doigts!

Oups! Désolé, j'ai eu un moment de distraction.

Chichi cessa aussitôt de mordre et se mit à se tortiller pour aller par terre et poursuivre les gros chiens.

— *Ouaf ouaf ouaf!* aboya-t-il, en s'adressant à deux gros bergers allemands qui étaient venus avec Nathalie, une collègue de M. Fortin au poste de pompiers.

— *Ouif ouif ouif!* fit-il en s'adressant à Capucine et Dalia, les chiens de races mélangées que l'auteure Cécile Vareuil, une amie des Fortin, avait adoptés.

— *Grrr! Ouif!* dit Chichi en s'adressant à Zik, un labrador chocolat qui appartenait à Rémi, un ami de Charles, et à Murphy, un autre labrador chocolat qui était le chien de Marie-Ève, l'amie de Rémi.

Avec un grand sourire, Marie-Ève approcha en fauteuil roulant, brandissant la pancarte que Charles lui avait donnée.

— Tu as là tout un numéro, Charles! dit-elle.

Chichi aboyait après les chiots qu'André et Julie tenaient en laisse en défilant avec des pancartes de leur création. LE REFUGE AUX QUATRE PATTES :

L'ENDROIT IDÉAL POUR TROUVER DES CHIOTS À ADOPTER! pouvait-on lire sur celle d'André. Ils avaient de la difficulté à tenir chacun trois chiots dont les laisses s'emmêlaient.

Au lave-o-chiens, Rosalie et Maria travaillaient à la chaîne. Au rythme de la musique qui sortait des haut-parleurs qu'elles avaient installés, Maria commençait par arroser les chiens et les savonner avec du shampoing pour bébés. Puis Rosalie les prenait en laisse et les faisait traverser une piscine pour enfants remplie d'eau. C'était le pré-rinçage. Le rinçage en profondeur suivait, sous le jet d'un boyau d'arrosage.

Les gens déposaient de l'argent dans un pot que Mme Daigle avait mis sur la table voisine de la pétition de Charles. La plupart donnaient plus de deux dollars pour le toilettage de leur chien. Rosalie vit même M. Beauregard, qui n'avait pas de chien à faire laver, glisser un billet de 20 dollars dans le pot.

— Tu vas voir! dit Rosalie à Maria. Nous allons recueillir une jolie somme pour le refuge, aujourd'hui.

— Les Amis des animaux font fureur! dit Maria en tapant dans les mains de Rosalie, puis en faisant une pirouette pour rincer le chien suivant.

— Rosalie! s'écria Mme Fortin, qui arrivait avec deux bouteilles de jus pour que les filles se désaltèrent. Regarde dans quel état tu es!

Rosalie pencha la tête, s'examina et éclata de rire. Elle était trempée et couverte de mousse de savon, pas seulement à cause du boyau d'arrosage, mais aussi à cause des chiens mouillés qui se secouaient à côté d'elle. Ses cheveux pendouillaient, trempés, et ses souliers de course faisaient *flic flac floc* quand elle marchait.

— C'est fantastique, non? dit-elle en souriant à sa mère.

— Je suis ravie que tu t'amuses, dit Mme Fortin. Mais je voulais vraiment que tu rencontres quelqu'un d'important, et je ne suis pas sûre qu'il va apprécier de te rencontrer dans cet état.

Elle fit signe de la main à un homme en complet gris qui se dirigea aussitôt vers le lave-o-chiens en remontant la file des chiens qui attendaient. Il s'arrêta fréquemment pour discuter avec un propriétaire de chien ou pour serrer la main d'un autre.

— Par ici, monsieur le député! dit Mme Fortin.

Rosalie n'en croyait pas ses yeux : le député Bérubé était venu! Parfait! Son apparence négligée importait peu, l'essentiel était que le député soit venu à la manifestation. Maintenant il comprendrait qu'il s'agissait d'un problème sérieux : les usines à chiots devaient absolument être interdites. Elle courut vers la table et prit la pétition et un paquet de dépliants.

— Monsieur le député Bérubé, je vous présente ma fille Rosalie, dit Mme Fortin quand celui-ci réussit à se dégager de la cohue formée par tous les chiens autour du lave-o-chiens.

— Eh bien! Je suis enchanté de faire ta connaissance, Rosalie, dit le député.

Rosalie serra la main qu'il lui tendit. *Voilà donc ce que veut dire l'expression une solide poignée de main. Aïe!* se dit-elle.

— C'est donc toi, la petite contestataire qui a organisé cet événement? poursuivit le député, tout en saluant la foule de la main.

Petite? se dit Rosalie en pinçant les lèvres.

— Je n'ai presque rien fait, répondit-elle. C'est

plutôt l'article de maman. Et aussi mon frère Charles qui a averti beaucoup de gens. C'est lui qui a recueilli toutes les signatures pour la pétition.

Elle tendit la pétition au député, même si elle était, disons, un peu trempée maintenant.

— Très impressionnant, dit-il en parcourant la liste de noms des yeux.

Puis il remarqua Wawa, qui avait réussi à s'échapper de la poche du tablier de Rosalie et qui atterrit par terre. Wawa posa ses deux pattes avant sur la jambe du député.

— Wawa! cria Mme Fortin.

— Eh bien! s'exclama le député. Quel adorable chiot! Il est à toi, petite?

— Je vous présente Wawa, dit Mme Fortin. Elle vient d'une usine à chiots et elle a besoin d'une famille pour toujours.

— Vraiment? dit le député en se penchant pour flatter Wawa. Mais tu es mignonne à croquer!

Wawa se tortilla de plaisir, remua la queue et pencha la tête de côté avec son air le plus mignon du monde.

— Oh là là! dit le député. Je crois que je devrais te prendre chez moi.

Rosalie et Maria échangèrent un sourire. Oui!

— Bien sûr, tout dépend de ce que mon épouse en dira, ajouta-t-il en se relevant et en secouant la poussière de ses pantalons.

— Je suis sûre qu'elle adorera Wawa, lui dit Rosalie en lui glissant quelques dépliants dans les mains. Peut-être que, une fois que vous l'aurez adoptée, vous comprendrez encore mieux que vous devez militer pour que les usines à chiots soient interdites.

— Ma petite, tu as vraiment tout un caractère! commenta le député.

Ne m'appelez plus « petite », pensa Rosalie. Elle avait envie de hurler. Mais dans l'intérêt des chiots, elle se retint.

— Je m'en fais tout simplement pour les animaux, dit Rosalie en reprenant Wawa et en la glissant dans la poche de son tablier.

Le député ne l'écoutait déjà plus. Il parcourait la

foule des yeux, saluant les uns de la main et les autres d'un clin d'œil. Rosalie savait qu'il s'apprêtait à aller serrer des mains. Mais ça lui était égal, elle sentait qu'il allait appuyer leur cause. De plus, elle venait de trouver un foyer formidable pour Wawa.

— Vous rendez-vous compte? lança-t-elle à sa mère et à Maria tandis que le député Bérubé se mêlait à la foule. Il va adopter Wawa. J'ai gagné le pari! Je suis la meilleure dresseuse de chiens au monde.

Rosalie leva les bras en l'air, les poings fermés comme une championne olympique.

— Si j'étais toi, je me méfierais, dit Mme Fortin. Les politiciens disent parfois ce que les gens souhaitent entendre.

Rosalie ne prêta pas attention au commentaire de sa mère. Elle était trop contente! Elle monta le volume et se mit à chanter avec la musique. Puis elle se dirigea en dansant vers un autre chien savonné, prêt à être rincé. C'était la manifestation du siècle!

Charles et Sammy s'amusaient comme des fous, eux aussi. Ils brandissaient leurs pancartes et scandaient des slogans avec un groupe de manifestants qui marchaient en rond devant l'entrée de l'animalerie AnimAmour.

— À bas les usines à chiots! À bas les usines à chiots! criait Charles.

Pas un seul client n'était entré dans le magasin durant tout l'avant-midi. M. Gobelin se tenait dans la vitrine, les bras croisés et les sourcils froncés. Charles le salua de la main et lui sourit, mais sans arriver à le dérider.

Soudain, la manifestation tourna au désastre, à cause de Wawa qui se mit à aboyer depuis le fond du stationnement et de Chichi qui lui répondit.

Où es-tu? Où es-tu?

Ici! Viens me rejoindre!

Un paquet d'autres chiens se mirent à aboyer. Puis Chichi tira si fort sur sa laisse que Charles la lâcha. Rosalie avait probablement lâché Wawa, elle aussi. En effet, deux secondes plus tard, Charles put constater le chaos que deux chiots minuscules pouvaient causer. Chichi et Wawa fendirent la foule, leurs laisses à la traîne. Ils poursuivirent tous les chiens plus gros qu'eux, c'est-à-dire presque tous les chiens présents à la manifestation, les mordillèrent et aboyèrent après eux. Les plus gros leur répondirent en aboyant et en les pourchassant, traînant leurs maîtres au bout de leurs laisses. Puis les chihuahuas saisirent le tuyau d'arrosage. Ils coururent parmi la foule en arrosant tout le monde.

Charles grogna.

Rosalie et Charles tentèrent d'attraper Wawa et Chichi, mais les deux petits chiens leur échappèrent et se faufilèrent à travers la foule. Les gens hurlaient et criaient, se faisant arroser par le tuyau qui battait l'air dans tous les sens. Chichi avait les oreilles au vent, et Wawa avait les yeux brillants d'excitation.

Qu'est-ce qu'on s'amuse! Mais qu'est-ce qu'on s'amuse!

Wouippi!

Rosalie tenta de rattraper Wawa et Charles, d'attraper Chichi.

— Par ici! s'exclama-t-elle.

— Non! Par ici! dit-il.

Ils avaient beau crier, ils n'arrivaient pas à rattraper les deux chiots surexcités.

Puis M. Beauregard sortit de parmi la foule et, calmement, il prit les deux chiots dans ses mains. Il glissa Chichi dans la poche droite de sa salopette et Wawa, dans la poche gauche.

— Ça va faire, les amis! gronda-t-il de sa grosse voix de basse. On se calme! On ne va pas se laisser marcher sur les pieds par deux chiots qui s'amusent, quand même!

CHAPITRE DIX

— C'est ta faute! dit Rosalie à Charles, encore en colère en l'aidant à ramasser les dépliants trempés qui restaient.

La plupart des gens, trempés, partirent et la manifestation se dispersa. Maria et Sammy s'étaient soudainement rappelés qu'ils avaient des choses à faire. Mme Fortin continuait de parcourir le stationnement et interviewait les derniers passants pour écrire un article au sujet de la manifestation. M. Fortin était déjà reparti à la maison avec le Haricot et Biscuit. Rosalie planta son doigt sur la pétition de Charles, qui pendouillait au bord de la table couverte d'eau. L'en-tête était à moitié effacé. Il ne restait plus que les letttres NO USSIGNÉS. Là où les gens avaient signé, on ne voyait plus que des taches d'encre.

— Qu'est-ce qui t'a pris de parler à tout le monde de

la manifestation? dit-elle. S'il n'y avait pas eu tant de monde, ça n'aurait pas tourné à la catastrophe.

— S'il n'y avait pas eu tant de monde, nous n'aurions pas recueilli 198 signatures pour la pétition et tu n'aurais pas ramassé autant d'argent avec le lave-o-chiens, rétorqua Charles en montrant du doigt le pot rempli de billets. Et sais-tu qu'aujourd'hui, Mme Daigle a trouvé des familles pour quatre chiots de l'usine à chiots?

Rosalie savait qu'il avait raison. Malgré tout, la manifestation avait été une réussite. Mais elle était quand même fâchée.

— Je pensais avoir trouvé un foyer pour Wawa, dit-elle. Le député Bérubé était prêt à la prendre, mais sa femme a vu quel petit diable elle pouvait être. La tête qu'elle a faite! Maintenant, ils ne l'adopteront sûrement pas.

Mme Bérubé avait été une des premières à partir quand la manifestation avait mal tourné.

— Eh bien! Je ne te l'avais pas dit, mais je pensais avoir trouvé un foyer pour Chichi, dit Charles.

Il lui parla de sa rencontre avec la maîtresse de

Barberousse. Il n'avait pas encore réussi à lui parler, quand la manifestation avait mal tourné. Il l'avait vue essayer d'éviter de se faire arroser par le tuyau qui battait l'air.

— Elle n'a même pas essayé de venir me voir. Je parie qu'elle ne m'appellera pas. Elle a saisi Barberousse par le collier et elle est repartie avant même que je puisse lui parler.

— Quelle catastrophe! gémit Rosalie en se laissant tomber sur une chaise, les bras croisés sur la poitrine. C'est la dernière fois de ma vie que j'organise une manifestation.

Wawa sauta sur les genoux de Rosalie et vint lui lécher le menton.

Allons! Un petit sourire! C'est bientôt l'heure du souper!

— Je sais, lui dit Rosalie en la grattant entre les deux oreilles. Qui voudrait aller vivre avec ce vieil idiot de député, de toute façon? Mais il faut quand même te trouver un foyer.

123

— « Ce vieil idiot de député » : c'est de moi que tu parles ainsi?

Rosalie leva les yeux et aperçut le député Bérubé qui se tenait à côté d'elle, avec Mme Fortin. Elle s'éclaircit la gorge. Elle sentit ses joues se mettre à chauffer et elle sut qu'elle rougissait. Le député lui sourit.

— Je suis revenu pour vous annoncer une bonne nouvelle, dit-il.

Il bomba le torse et regarda loin devant lui, comme s'il était en train de faire un discours devant un millier de personnes, alors que ses seuls auditeurs étaient Mme Fortin, Rosalie et Charles.

— Je peux vous assurer que je ferai tout ce qui est en mon pouvoir afin que les usines à chiots soient formellement interdites. Aujourd'hui, j'ai pu constater que bien des gens sont vraiment préoccupés par ce problème. Ils ont signé votre pétition. Ils ont tenu à faire connaître leur opinion. Je tiens à leur faire savoir que j'ai bien reçu leur message. Mon rôle est d'écouter les gens et de tenter de changer des choses, après tout.

Puis il reprit sa voix normale et sourit à Rosalie et Charles.

— Je voulais attendre ma prochaine conférence de presse officielle pour faire cette déclaration, dit-il. Mais votre mère m'a convaincu de vous en parler tout de suite.

Mme Fortin, qui était derrière le député, leva ses deux pouces en l'air et fit un grand sourire à Rosalie et à Charles.

— Waouh! s'exclama Rosalie en se tournant vers Charles, puis vers le député Bérubé. Toute une nouvelle!

Charles se contenta de sourire.

Puis le député gâcha tout son effet en ajoutant :

— C'est la preuve qu'un petit garçon et une petite fille peuvent faire de grandes choses.

Beurk! Encore cet adjectif petit, se dit Rosalie. Mais elle s'en fichait, tant elle se sentait fière.

— Monsieur le député, j'aurais encore une question à vous poser, dit Mme Fortin en ouvrant son carnet de notes. Pourriez-vous me préciser une date…

Et ils s'éloignèrent afin de terminer l'entrevue.

Rosalie et Charles se tapèrent dans les mains.

— Hourra! crièrent-ils en chœur.

Peu après, Rosalie était en train de nettoyer une vitrine d'AnimAmour qui avait été aspergée d'eau quand elle entendit quelqu'un s'approcher d'elle.

Elle se retourna et reconnut M. Gobelin. Qu'allait-il lui servir comme savon? À la place, il leva les bras en l'air et lui sourit.

— J'abandonne! dit-il. Vous avez gagné. Je n'ai pas eu un seul client de toute la journée. On dirait que les gens prennent ce problème vraiment à cœur. Demain matin, j'irai rencontrer cette Mme Daigle et je m'engagerai à prendre les animaux qu'elle accueille dans son refuge, plutôt que ceux de l'usine à chiots. Satisfaits?

Charles et Rosalie restèrent sans voix. Bouche bée, ils regardèrent M. Gobelin se retourner, puis s'éloigner.

— Merci! lui dit Rosalie, retrouvant sa voix. Si vous souhaitez que ça se sache, vous pouvez le dire à la journaliste qui est là-bas. Elle en parlera dans le journal de demain!

Peu après, M. Beauregard revint pour discuter avec Charles et Rosalie.

— Eh bien! dit-il. Vous pouvez être pas mal fiers de vous, maintenant.

Il fit signe en direction de M. Gobelin et du député qui discutaient avec Mme Fortin, à côté d'un abri à chariots.

Donc, il nous observait pendant tout ce temps, se dit Charles qui l'avait observé aussi. Visiblement, M. Beauregard était très satisfait de la manifestation. Pourquoi? Parce qu'il adorait les chiens. Charles le voyait bien. Il l'avait d'ailleurs fait remarquer à Rosalie. M. Beauregard avait rencontré tous les chiens présents à la manifestation. Il s'était arrêté pour les flatter, leur parler et leur gratter la tête. Quelques fois, il s'était même penché pour serrer un chien dans ses bras ou lui faire un bisou en lui chuchotant un petit mot à l'oreille.

M. Beauregard était resté jusqu'à ce que le dernier chien soit reparti, sauf Chichi et Wawa, bien sûr. Et là, il sortit son chéquier.

— Avez-vous calculé combien vous avez gagné d'argent en lavant tous ces toutous? demanda-t-il. Je suis prêt à vous faire un chèque du même montant. Ainsi, le don au refuge des Quatre Pattes sera deux fois plus important.

— C'est vrai? dit Charles en le fixant des yeux.

Comment se sentait-on quand on était riche au point de pouvoir faire une chose pareille? se demanda Charles.

— Alors vous avez un avion privé et tout et tout? s'enquérit Charles, la tête penchée de côté.

— Charles! s'exclama Rosalie, d'un ton de reproche.

Elle déposa sa chaise devant la table et vida le pot pour pouvoir compter l'argent.

— Exactement, dit M. Beauregard. Il le faut bien, pour pouvoir m'occuper de mes affaires un peu partout dans le monde.

— Donc, si vous aviez, disons, deux petits chiens et que vous vouliez les emmener avec vous, il n'y aurait pas de problème? demanda Charles d'un ton innocent. Pas comme à bord d'un avion ordinaire?

— Ah! dit M. Beauregard en éclatant de rire et en

faisant glisser sa casquette de baseball rouge vers l'arrière de sa tête. Tu as raison. Je peux faire pas mal tout ce que je veux. L'avion m'appartient, après tout.

Charles n'eut pas besoin de dire un mot à Rosalie ni de la regarder. Elle savait exactement ce qu'il avait en tête. Elle s'arrêta de compter l'argent et se mêla à la conversation.

— Chichi et Wawa sont si intelligents! dit-elle à M. Beauregard. Nous leur avons appris beaucoup de choses. Mais ils se sont aidés l'un l'autre, aussi. Par exemple, Chichi a montré à Wawa où il fallait faire ses besoins dans la cour, et Wawa rappelle sans cesse à Chichi que ça fait mal quand il mord. Ce sont deux bons chiens, mais ensemble, ils sont encore plus fantastiques.

— En plus, ils vous aiment beaucoup, poursuivit Charles. Ils se sont calmés dès que vous les avez mis dans vos poches! Chichi aime certaines personnes, et Wawa en aime d'autres. Il est rare que tous les deux aiment la même personne!

— Eh bien! dit M. Beauregard en éclatant encore

de rire. Ma vieille maman me disait toujours que j'avais le tour avec les chiens.

— Quand nous vous avons rencontré pour la première fois, le jour où vous avez acheté tous les chiots qui étaient dans le camion, vous avez dit que vous aimeriez pouvoir tous les garder, dit Charles. Alors que diriez-vous maintenant d'en garder seulement deux? Comme ces deux-là?

Charles se pencha pour prendre Chichi.

— Oui! Qu'en diriez-vous? ajouta Rosalie en se penchant pour prendre Wawa.

Charles et Rosalie lui tendirent les deux chiots. Chichi battit de la patte, et Wawa se mit à faire *ouif ouif ouif!*

Oui, oui! Emmenez-nous!

S'il vous plaît! J'adore être dans votre poche de salopette!

M. Beauregard éclata d'un gros rire tonitruant.

— Et pourquoi pas? dit-il. Ils sont tout petits. Je

pourrai même les transporter dans mon porte-documents, s'il le faut.

Il tendit ses grandes mains aux doigts effilés et, tout doucement, il prit les deux chiots.

— Vous êtes maintenant mes deux meilleurs amis, leur déclara-t-il en les regardant assis chacun au creux d'une de ses mains. C'est toujours bon d'avoir des amis près de soi quand on passe son temps à voyager!

Mme Fortin les entendit rire tous les trois et vint les rejoindre. Rosalie et Charles lui racontèrent toute l'histoire.

— Waouh! Quelle nouvelle! dit-elle. À vous deux, vous faites vraiment bien les choses quand vous cessez de vous chamailler.

Elle les regarda d'un air entendu, et ils savaient exactement ce qu'elle voulait dire. Le pari les avait amenés dans une telle compétition qu'ils avaient oublié de travailler ensemble.

— Tout compte fait, la journée est pas mal réussie, continua Mme Fortin. Maintenant, je dois dire à votre père de se mettre au ménage du tiroir à débarras.

— Bravo, maman! la félicitèrent Charles et Rosalie.

Ces derniers n'avaient ni gagné ni perdu leur pari, alors ils garderaient chacun leurs tâches habituelles, et c'était très bien ainsi. L'important était d'avoir réussi à trouver le foyer parfait pour Chichi et Wawa.

En route vers la maison, Mme Fortin dit à Charles et Rosalie que, puisque M. Beauregard avait adopté Chichi et Wawa, ils avaient encore le temps d'aller à La Ronde.

— Maria et Sammy peuvent venir avec nous, ajouta-t-elle. Vous avez vraiment bien travaillé avec ces deux chiots et vous méritez une récompense.

Assis sur la banquette arrière, Charles et Rosalie échangèrent un regard.

— C'est bizarre, s'étonna Charles. On dirait que je m'ennuie de Biscuit. J'ai à peine joué avec lui cette semaine.

— Pareil pour moi, dit Rosalie. En plus, je sais que Mme Daigle a encore besoin d'aide au refuge. Mais que dirais-tu de plutôt rester chez nous et (elle fit un clin d'œil à Charles) de penser aux prochaines activités des Amis des animaux?

— Bonne idée, répliqua Charles. Mais plus de manifestations pendant un bon bout de temps, d'accord?

Mme Fortin sourit en les regardant dans son rétroviseur.

— Ça me va, dit Charles. Je parie que nous aurons d'autres idées géniales.

— Je parie que tu dis vrai, répondit Rosalie.

Ils échangèrent un sourire et se serrèrent la main.

EN SAVOIR PLUS
SUR LES CHIOTS

Que peux-tu faire pour aider les animaux? Tu pourrais fonder un club Les Amis des animaux, comme l'a fait Rosalie. Mais tu peux faire bien d'autres choses. Est-ce ton anniversaire bientôt? Tu pourrais demander à tes amis de faire un don à un refuge de ta ville, plutôt que de t'apporter des cadeaux. Si tu es assez grand, tu peux travailler comme bénévole dans un refuge. Tu peux écrire des lettres au journal de ta localité afin de dénoncer les mauvais traitements envers les animaux. Mais d'abord et avant tout, tu dois prendre bien soin des animaux qui vivent avec toi. Tu dois t'assurer qu'ils sont propres et en bonne santé, qu'ils ont ce qu'il faut à boire et à manger, qu'ils sont bien au chaud et qu'ils peuvent sortir et faire l'exercice dont ils ont besoin. Et n'oublie surtout pas : les chiens ont besoin d'affection. Tu dois prendre le temps de faire souvent des câlins à ton chien.

Chères lectrices,
Chers lecteurs,

Tout comme Rosalie, j'ai toujours préféré les grands chiens. On peut les serrer dans ses bras, se baigner et courir avec eux. Mon chien préféré est le labrador noir. Mais, en écrivant ce livre, j'ai appris que les chihuahuas peuvent être des compagnons formidables. Ils sont intelligents, fidèles, faciles à emmener partout avec soi et, bien sûr, mignons à croquer. Je suis tombée amoureuse de Chichi et Wawa. J'espère que toi aussi tu les as adorés!

Danielle, qui a conçu mon site Internet, a adopté une chienne chihuahua qui s'appelle Luna. Son maître précédent, qu'elle connaissait, était devenu allergique aux chiens. Tous les jours, Danielle lui envoie des photos de Luna.

Caninement vôtre,
Ellen Miles

P.-S. Tu trouves que Chichi et Wawa forment un beau duo? Alors tu vas aimer Maggie et Max.